IHRE TEUFLISCHE SEHNSUCHT

Die Liga der Schurken - 5

LAUREN SMITH

Übersetzt von
CORINNA VEXBORG

Translation by Corinna Vexborg

ISBN: 978-1-956227-73-4 (E-Book-Ausgabe)

ISBN: 978-1-956227-74-1 (Druckausgabe)

Lieber Leser,

Manchmal muss eine Geschichte an einer ganz bestimmten Stelle beginnen, und das bedeutet, dass einige Szenen ausgelassen werden. Bevor ich mit dem Schreiben von Audreys und Gillians Geschichten begann, hatte ich die plötzliche und (hoffentlich werdet ihr mir zustimmen) wunderbare Idee, zwei Kurzgeschichten zu erzählen, die zu Gillians und Audreys Abenteuern in voller Länge hinführen sollten. Diese beiden Geschichten sind also weder gelöschte Szenen, noch wurden sie aus den Büchern von Audrey und Gillian gestrichen, aber ich hatte das Gefühl, dass diese beiden Geschichten erzählt werden mussten.

Diese beiden Kurzgeschichten zeigen dir, was eine Dame und ihr Dienstmädchen in den Tagen vor ihren Abenteuern erleben, als sie beschließen, den Hell Fire

Club zu infiltrieren. Bitte verzeih mir, dass diese Geschichten mit Cliffhangern enden, aber keine Sorge, Audrey und Gillian werden ihr Happy End mit Jonathan und James in ihren Büchern in voller Länge haben: *Sein böses Geheimnis* und *Der Earl von Pembroke*

ERSTER TEIL

KAPITEL 1

Gillian Beaumont wusste, dass es ein Tag voller Probleme werden würde. Während sie daran arbeitete, die Locken im Haar ihrer Herrin zu bändigen, ärgerte sie sich über das böse Leuchten in Audrey Sheridans Augen. Gillian war an dieses schelmische Funkeln gewöhnt, aber heute wirkte es doppelt intensiv, und die Art und Weise, wie sich ihre Lippen an den Enden zu einem kleinen Lächeln kräuselten, verstärkte Gillians Sorge noch mehr. Das letzte Mal, als sie so ausgesehen hatte, hatte Audrey einen Schurken um ein Sofa herumgejagt und von ihm verlangt, geküsst zu werden.

»So, alles fertig, Mylady.« Gillian steckte die letzte Nadel in das Haar ihrer Herrin.

Audreys braune Augen funkelten, als sie Gillians Blick im Spiegel begegnete. »Perfekt. Ich muss heute mein

Bestes geben. Die Liga kommt in einer Stunde zum Tee vorbei und ...« Eine zarte Röte trat auf ihre Wangen.

»Und Mr. St. Laurent wird da sein?«

»Äh ... ich denke schon«, antwortete Audrey vage.

Gillian war sich nur allzu bewusst, was ihre Herrin für diesen besonderen Herrn empfand. Er war ein gutaussehender Mann mit grünen Augen und sonnengebleichten blonden Haaren. Gillian nahm an, dass er attraktiv war, aber er gab ihr nie das Gefühl, das sich Frauen in der Nähe eines Mannes empfinden sollten, den sie mochten. Zumindest hatte sie von diesem Gefühl gehört.

Gillian warf einen Blick auf ihr eigenes Gesicht im Spiegel, während sie den Waschtisch aufräumte. Vielleicht war sie anders als andere Damen. Sie legte die Bürsten mit elfenbeinfarbenen Griffen neben ein Set exquisiter Kämme aus Schildpatt. Im Gegensatz zu Audreys dunkel kastanienbraunem Haar war Gillians Haar unauffällig braun und ihre Augen von einem sanften Heidegrau. Sie war noch nie als Schönheit aufgefallen, aber sie war auch nicht unattraktiv. Kurz gesagt, sie war die perfekte Art von einfacher Frau, die am besten als Zofe oder Begleiterin einer Dame arbeitete.

Als uneheliche Tochter eines Grafen war Gillian beigebracht worden, nicht viel von ihren Umständen zu erwarten, obwohl ihr Vater genug für sie und ihre Mutter gesorgt hatte. Sie hatten ein komfortables, wenn auch bescheidenes Leben in einem kleinen Stadthaus in der Nähe von Mayfair geführt. Als sie fünfzehn war, starb ihr

Vater, und sie wurde gezwungen, ihre kranke Mutter zu unterstützen. Sie hatte keine wirkliche Erfahrung als Begleiterin, aber sie hatte von einer Freundin ihrer Mutter gehört, dass Viscount Sheridan nach einer Zofe für seine jüngste Schwester suchte, jemand, der ihr vom Alter her ähnlich war.

Es war ungewöhnlich, eine so junge Zofe zu haben, aber Audrey hatte darauf bestanden, dass ihre Zofe im gleichen Alter wie sie selbst sein sollte. Und so war Gillian, damals fast sechzehn, Audreys Dienstmädchen und ihr treuer, schützender Schatten geworden. Ein Jahr später war Gillians Mutter gestorben.

Jetzt ist Mama weg, und ich bin ganz allein.

Sie runzelte die Stirn. Das stimmte nicht so ganz. In vielerlei Hinsicht war Audreys Zofe zu sein ein bisschen so, als sei sie Audreys Freundin. Sie teilten Geheimnisse und erlebten viel zu viele Abenteuer, als dass Gillian sich damit noch wohlfühlen konnte. Zwischen ihnen herrschte eine Vertrautheit, die für ein Dienstmädchen und eine Lady sicherlich nicht normal war. Audrey hatte ein großes Herz und einen Geist, der nicht eingesperrt werden konnte.

»Gillian, könntest du heute ein paar Besorgungen für mich machen? Ich glaube, wir müssen einige Artikel in der *Quizzing Glass Gazette* veröffentlichen, die in den nächsten Wochen erscheinen sollen. Würde es dir etwas ausmachen, das für mich zu erledigen?« Audrey zupfte an der Taille ihres blauen Cambric-Musselin-Kleides, wo es perfekt auf ihrer schlanken Taille saß. Das Kleid war am Mieder reich verziert. Der Stil ihres Kleides und die hohe Taille ließen Audreys zierlichen Körper länger erscheinen. Der weite Rock war mit lavendelfarbener Gaze besetzt, die ihn am Saum fast federleicht aussehen ließ.

Audrey hatte einen exquisiten Geschmack, etwas, auf das sie auch von ihrem Dienstmädchen bestanden hatte. Gillian trug ein lavendelfarbenes Musselinkleid mit mehr Flair, als es eine gewöhnliche Zofe tragen würde. Es ähnelte im Stil den Kleidern, die sie zu Lebzeiten ihres Vaters getragen hatte.

»Nun? Würde es dir etwas ausmachen?« Audreys Stimme riss Gillian aus ihren Gedanken.

»Natürlich, bitte entschuldigen Sie, Mylady. Ich war in Gedanken. Ja, legen Sie mir die Artikel heraus, und ich werde dafür sorgen, dass sie in die richtigen Hände kommen.«

»Ausgezeichnet.« Audrey ging hinüber zu ihrem Schreibtisch, holte drei sorgfältig in Umschlägen verstaute Artikel heraus und reichte sie Gillian.

»Brauchen Sie noch etwas, Mylady?«, fragte Gillian.

»Im Moment nichts. Oh, und denk dran, heute Abend gehen wir in diesen Gentlemans Club.«

Gillian erstarrte mitten im Schritt, ihr Rückgrat versteifte sich. Der Club, wie hatte sie das vergessen?

»Mylady, ich glaube wirklich nicht, dass wir ...«

Audrey wippte mit einem zierlichen Fuß und verschränkte ihre Arme vor ihrer Brust. »Gillian, du weißt, dass der schreckliche Gerald Langley zu diesem Club gehört. Wie hieß der doch gleich?« Audrey legte ihren Kopf schief und blickte zur Zimmerdecke, während sie in ihren Erinnerungen zu kramen schien. »Sünder und Sadisten, nein ... Moment!« Sie hob einen Finger in die Luft. »Die unheiligen Sünder der Hölle.«

Gillian zuckte zusammen. »Müssen wir heute Abend dorthin gehen? Die Männer könnten gefährlich werden.« Es war nicht so, dass ihr Leben frei von Klatsch und Ärger war, da Audreys älterer Bruder Cedric Mitglied der berüchtigten Liga der Schurken war. Cedric und seine Freunde waren mehr als einmal in lebensbedrohliche Situationen geraten und sorgten mindestens alle zwei Wochen für Skandale. Das Letzte, was Audrey brauchte, war wegzulaufen und noch mehr Ärger zu finden – zumindest war das Gillians Meinung.

»Unsinn. Alles wird vollkommen in Ordnung sein. Sie erlauben Damen, an ihren unheiligen Festlichkeiten teilzunehmen, und wenn wir Charles und seinen Kammerdiener als Eskorte mitbringen, sind wir ziemlich sicher.«

»Lord Lonsdale? Er ist nicht gerade ein Mann von hervorragendem Ruf. Erinnern Sie sich nur an die Schwäne. Alle waren so empört.«

Audrey kicherte. »Natürlich erinnere ich mich. Ich war dabei. Charles ist nicht so schlimm. Es fiel mir verdammt schwer, ihn zu küssen, erinnerst du dich. Er ist viel mehr wie ein Gentleman, als er zugibt.«

Mit einem leisen Summen, das nicht gerade Zustimmung ausdrückte, ging Gillian zur Tür, aber Audrey hielt sie auf.

»Die Kleider! Ich habe das ganz vergessen. Du musst zu Madame Ella gehen und die Roben holen. Probier sie an, um sicherzustellen, dass sie passen«, sagte Audrey.

Gillian seufzte und nickte. Es war nicht das erste Mal, dass sie gebeten wurde, eines von Audreys Kleidern anzuprobieren. Sie waren von fast identischer Statur, sowohl klein als auch vollschlank. Sie vermutete, dass ihre Herrin versuchte, ihr ein wenig Vergnügen zu bereiten, aber Gillian fürchtete, sich nach Dingen zu sehnen, die sie niemals haben könnte.

Von dem Moment an, als sie alt genug geworden war, um ihren Platz als uneheliches Kind eines Mitglieds des Adels zu verstehen, hatte sie aufgehört, über die schönsten Kleider zu jubeln, und hatte ihre Träume aufgegeben, einen netten Gentleman zum Heiraten zu finden. Die Akzeptanz ihres Schicksals als Hausangestellte war ermüdend gewesen, und obwohl sie es liebte, für Audrey zu arbeiten, selbst wenn sie knietief in Schwierigkeiten steckten, hinderte sie sie nicht daran, sich ein ruhiges Leben in einem kleinen Häuschen irgendwo zu wünschen.

»Danke.« Audrey schob sie sanft in den Flur, und Gillian ging die Treppe hinunter, um ihre Haube und ihre Geldbörse zu finden. Bis sie mit ihren Besorgungen fertig war, würden die Liga der Schurken und ihre Frauen zum Tee eingetroffen sein, und Audrey hätte kaum eine Chance, in Schwierigkeiten zu geraten.

Gillian lächelte Sean Hartley an, den hübschen jungen irischen Diener, als er ihr eine kleine Geldbörse reichte.

»Und welche Besorgungen hat unsere Lady heute für dich zu erledigen?«, fragte Sean, sein irischer Tonfall und sein feines Aussehen waren eine Versuchung für alle Zimmermädchen im Obergeschoss der Sheridan-Residenz.

»Ich soll ein paar Kleider abholen, und ein paar Artikel müssen abgegeben werden. Könntest du die Kutsche für mich nach vorn bringen lassen?«

Sean grinste. »Mehr Kleider. Man könnte meinen, sie hat genug«, neckte er und zwinkerte Gillian zu.

Gillian lächelte zurück. »Ja, das sollte man meinen.« Sie mochte Sean. Er war wie ein älterer Bruder, verspielt und freundlich.

Er ließ sie allein in der Halle, um nach hinten zu gehen und eine Kutsche zu rufen. Sie drückte die Geldbörse und die *Gazette*-Artikel an ihre Brust und achtete darauf, dass sie beides nicht versehentlich fallenlassen würde. Niemand war in der Nähe, um es zu sehen, was gut war, denn Sean kannte die Wahrheit über Audreys Doppelleben. Man konnte ihm vertrauen, aber weder Audrey noch Gillian wollten riskieren, dass es jemand anderes wusste.

Es war das bestgehütete Geheimnis ihrer Lady. Die berüchtigte, manchmal übermäßig kritische Feder von Lady Society, der anonymen Gesellschaftskolumnistin für die *Quizzing Glass Gazette*, war keine andere als Audrey Sheridan. Gillians Herrin schrieb nun schon seit Jahren

Artikel, in denen sie Gentlemen dazu aufforderte, sich zu verlieben, und diejenigen in der Gesellschaft öffentlich bloßstellte, die versuchten, anderen Schaden zuzufügen, aber ihre liebste Freizeitbeschäftigung war es, die Schurken, die ihr am Herzen lagen, in die Ehefalle mit passenden Damen zu locken.

Ihr jüngster Sieg war die Enthüllung des Wettbuchs bei White's gewesen, wo ein Mann namens Gerald Langley fünftausend Pfund angeboten hatte, um eine Frau öffentlich ruinieren zu lassen. Aber Audrey war noch nicht fertig mit ihm. Sie hatte die feste Absicht, Langleys Beteiligung am Hellfire Club aufzudecken.

Und ich muss mitmachen, sonst bringt sie sich in echte Schwierigkeiten. Gillian schüttelte den Kopf und war versucht zu lachen. Sollte sie immer die Stimme der Vernunft sein? Es war anstrengend, ihre Herrin immer wieder vor Ärger zu bewahren. Was Audrey wirklich brauchte, war ein Mann, der ihr nachjagte und sie vor Gefahren bewahrte, während sie ihr Leben voller Abenteuer führte. Ein Mann wie Jonathan St. Laurent. Sobald Audrey verheiratet wäre, würde Gillian im Ehemann ihrer Herrin einen Verbündeten haben, und sie konnte sich endlich entspannen.

Sean kehrte zurück und öffnete ihr die Vordertür des Stadthauses.

»Keine Sorge – ich werde sie im Auge behalten«, versprach Sean.

»Danke.« Gillian meinte es ernst. Sie machte sich, wie alle Bediensteten, Sorgen, dass Audrey in eine Klemme geraten würde, aus der sie nicht herauskam, wenn keiner da war, der sie davor bewahrte. Gillian stieg in die Kutsche, lehnte sich zurück und schloss kurz die Augen. Sie würde eine lange Nacht vor sich haben, wenn sie den Hellfire Club nach Mitternacht infiltrieren würden.

Als sie das Geschäft der Modiste, Madame Ella, erreichte, hatte sie sich ausgeruht und die Artikel der Lady Society erfolgreich bei ihrem Verlag abgegeben. Sie fühlte sich erfrischt und bereit, sich um die Kleideranprobe für Audrey zu kümmern. So, wie sie ihre Lady kannte, konnte es eine Weile dauern, wenn die Kleider aufwändig waren, und sie waren immer aufwändig.

Sie ließ den Fahrer auf sie warten, während sie den Laden betrat. Eine matronenhafte Frau mit silbergrauem Haar kniete neben einer jungen Frau, die ein rosaseidenes Kleid trug. Die junge Frau schien ungefähr in Audreys und Gillians Alter von neunzehn Jahren zu sein. Sie hatte hellbraunes Haar, professionell hochgesteckt, und lächelte Gillian freundlich an, die aufgrund ihrer Kleidung annahm, dass sie wahrscheinlich eine junge Frau aus einem ähnlichen gesellschaftlichen Umfeld war.

Madame Ella blickte auf und lächelte. »Miss Beaumont! Wie schön, Sie zu sehen. Ich habe die Kleider, aber Sie müssen beide anprobieren, um sicherzugehen.« Die Schneiderin wusste, dass Gillian Kleider anprobieren würde, wenn Audrey nicht selbst kommen konnte.

»Selbstverständlich.« Gillian durchquerte den Laden und stellte ihre Sachen in einem kleinen, mit Vorhängen versehenen Bereich ab, dann nahm sie die beiden Kleider von Madame Ella entgegen. Sie zog schnell ihr eigenes Tageskleid aus und probierte zuerst ein einfach geschneidertes Abendkleid an. Es hatte Knöpfe auf der Vorderseite und war im schmalen Spiegel des kleinen Anprobebereichs leicht zu betrachten. Aber Audreys Abendkleid benötigte Hilfe, um hinten geschnürt zu werden.

»Madame Ella?«, rief sie. »Ich brauche Hilfe mit den Bändern.«

Der Vorhang bewegte sich, und sie drehte sich halb um, blickte über die Schulter und schnappte nach Luft. Ein gutaussehender Mann mit dunklem Haar und sanften braunen Augen starrte sie mit geöffneten Lippen an. Er hielt ein Paar rehbraune Handschuhe in den Händen, bewegte sich aber nicht. Ihr teilweise nackter Rücken war seinen Blicken ausgesetzt. Seine Augen folgten der Länge ihres entblößten Rückgrats, und sie konnte seinen Blick fast spüren, wie unsichtbare Finger, die über ihre Haut glitten.

Es machte sie schwindelig zu wissen, dass er sie so sah, entblößt und verletzlich auf so sinnliche Weise. Seine Lippen hoben sich und gaben nur den leisesten Hinweis darauf preis, woran er denken musste, als er sie erneut von Kopf bis Fuß betrachtete. Als sie in seine braunen Augen blickte, hatte sie das Gefühl, in einen Abgrund aus dunklen, erotischen Gedanken zu fallen. Eine leise Stimme in ihrem Hinterkopf warnte sie, dass sie sich in gefährlichem Gebiet befand. Wenn sie eine Dame wie

Audrey gewesen wäre, hätte sie dadurch kompromittiert werden können.

»Entschuldigen Sie.« Der Mann fing sich und wandte seinen Blick ab, seine Wangen färbten sich rötlich. Gillians Gesicht wurde ebenfalls rot. Doch sie konnte ihre Stimme immer noch nicht finden, um zu sprechen. Als sie zu dem großen, dunkelhaarigen Fremden hochstarrte, konnte sie einfach nicht *denken*. Ihr Herz flatterte wild, und ihr Korsett war plötzlich zu eng.

»James?«, rief eine weibliche Stimme. »Wo bist du? Ich würde gerne sehen, ob die Handschuhe zu diesem Kleid passen.«

James, ihr hübscher Fremder, lächelte sie halb an und senkte dann langsam die Hand, die den Vorhang hochhielt. Kurz bevor sein Gesicht aus dem Blickfeld verschwand, trafen seine Augen auf ihre, und mit einem übermütigen Grinsen flüsterte er: »Schämen Sie sich nie, so schöne Haut zu zeigen.«

Der Vorhang fiel wieder an seinen Platz, und es war, als könnte Gillian plötzlich wieder atmen. Sie drückte ihre Arme an ihre Brust, ihre Brüste hoben und senkten sich heftig. Sie versuchte, sich zu beruhigen. Wer war er? Warum hatte er den Vorhang nicht sofort fallen lassen? Sicher wusste er, wie skandalös er gewesen war.

»Miss Beaumont? Darf ich Ihnen jetzt beim Schnüren des Kleides helfen?«, rief Madame Ella von außerhalb des Vorhangs.

»Ja, bitte kommen Sie herein«, antwortete sie atemlos.

Die Schneiderin kam herein und hatte die Sache mit den Bändern schnell erledigt.

»Nun, wie passt es?«, fragte Madame Ella. Gillian studierte hastig das Kleid und nickte der Schneiderin zu.

»Das wird es tun. Danke, Madame Ella.« Sie versuchte verzweifelt, ihre Gedanken zu sammeln. Würde sie ihn im Laden wiedersehen? Wenn er einer Frau geholfen hatte, Handschuhe zu kaufen, waren sie wahrscheinlich schon weg, wenn sie sich Zeit genommen hatte, Audreys Kleid fertig anzuprobieren. Sie hoffte, dass er weg war, damit sie ihm nicht gegenüberstehen musste, aber sie wollte auch nicht, dass er weg war. Die beiden Gefühle zogen sie in entgegengesetzte Richtungen. Sie zog ihr lavendelfarbenes Kleid wieder an und verließ die Umkleidekabine. Ihr Pantoffel blieb am Teppich hängen, und sie stolperte.

»Oh!« Gillian schnappte nach Luft und bereitete sich auf einen Sturz vor, aber stattdessen fiel sie direkt in eine harte männliche Brust. Sanfte Hände legten sich um ihre Taille und hielten sie fest. Der Mann packte sie fester, und sie wurde in seine Arme gehoben, so dass sie sich ganz an ihn presste. Der verführerische Duft von Sandelholz und Pinie stieg ihr in die Nase, und sie hob den Kopf, um den Mann anzustarren.

Er.

Der gutaussehende mysteriöse Mann namens James. Seine braunen Augen waren warm und strahlend. Ihr Magen drehte sich flatternd um.

»Ich muss mich schon wieder entschuldigen.« James

kicherte und zögerte einen Moment, bevor er ihre Taille losließ.

»James? Was tust du da?« Es war die hübsche Brünette, die Gillian gesehen hatte, als sie den Laden vorhin betreten hatte.

»Letty.« James begrüßte sie herzlich und trat von Gillian weg, aber nur so weit, dass die andere Frau näher zu ihnen beiden kommen konnte.

»Hallo.« Letty lächelte Gillian an. »Sagen Sie mir nicht, mein älterer Bruder hat Sie belästigt? Er schwor, sich heute von seiner besten Seite zu zeigen. Nicht, dass ich ihm auch nur eine Minute geglaubt hätte. Er ist ein bisschen ein Schurke, wissen Sie. Ärger verfolgt ihn überallhin.« Lettys Augen hatten das gleiche bezaubernde Braun wie die ihres Bruders. Gillian hasste es, zuzugeben, dass sie erleichtert war, dass sie Geschwister waren und nicht …

Sollte keine Rolle spielen, tut es aber.

»Nein, er ist in Ordnung. Ich meine, er hat sich benommen …« Eine neue Welle von Hitze und Verlegenheit durchflutete sie. Normalerweise sprach sie nicht mit Damen, nicht so.

»Ich scheine den Tag von Miss …« James sah Gillian erwartungsvoll an und hoffte offenbar, dass sie ihm ihren Namen nennen würde. Es war nicht richtig, diese Art von Vorstellung, aber bis zu diesem Zeitpunkt *war nichts* zwischen ihnen richtig gewesen.

»Beaumont. Gillian Beaumont.« Der verstorbene Earl

of Morrey war Richard Beaumont gewesen, aber obwohl sie den Nachnamen ihres Vaters trug, würde man keine Verbindung herstellen oder vermuten, dass sie auf der falschen Seite des Bettes geboren worden war. Es gab viele Beaumonts in London, die nichts mit dem Morrey-Titel zu tun hatten.

»Es ist mir eine Freude, Sie kennenzulernen, Miss Beaumont. Ich bin Leticia Fordyce, und das ist mein Bruder James, Lord Pembroke.«

Gillian verschluckte beinahe ihre Zunge. *Der Earl von Pembroke.* Sie hatte das Geflüster von Audreys Freundinnen beim Tee gehört, wenn sie von diesem Mann mit seinem frechen Lächeln und den sanften braunen Augen sprachen. Er war eine Mischung aus schurkischer Fantasie und perfektem Gentleman. Ein Rätsel, das die Damen des *Ton* nicht lösen konnten. Und doch hatte niemand sein Herz gewonnen. Er war genau die Art von Mann, mit der sie gerne auf einem Ball getanzt hätte, ein Mann, mit dem sie vielleicht eine Chance gehabt hätte, wenn ihre Mutter mit dem Earl of Morrey verheiratet und nicht nur seine Mätresse gewesen wäre. Aber dieses Leben würde niemals ihr gehören, und sie musste aufhören, darüber nachzudenken, was hätte sein können.

Gillian kämpfte um kohärente Gedanken. »Schön, Sie beide kennenzulernen«, brachte sie schließlich heraus.

Was würde Audrey Sheridan tun? Gillian wusste genau, was Audrey tun würde, und es war nicht das, was sie tun würde.

»Also stört mein Bruder Ihren Tag?« Letty grinste, ein kleines schelmisches Lächeln kräuselte ihre hübschen Lippen, als sie zwischen ihnen hin und her blickte.

James starrte auf seine Stiefel, bevor er zu Gillian aufblickte, ein verlegenes Grinsen zog ihre Aufmerksamkeit auf seine Lippen. Der Mann hatte so küssbare Lippen. Sie zuckte zusammen. Sie erlaubte sich selten, auf diese Weise an Männer zu denken. Ihr Leben war immer darauf ausgerichtet gewesen, zu arbeiten und beschäftigt zu sein. In London zu überleben bedeutete, den Gedanken an eine Ehe aufzugeben. Kein Mann würde eine mittellose, unehelich geborene Frau zur Frau nehmen, zumindest niemand, der in der Gesellschaft höher stand als sie selbst.

»Ich glaube, Lord Pembroke hat nach Ihnen gesucht, und ich bin über ihn gestolpert«, antwortete Gillian und bemühte sich, ihre Nervosität nicht an den Tag zu legen. Sie war es nicht gewohnt, direkt mit Mitgliedern des Adels zu sprechen.

»Ah ...« Letty kicherte. »Wir sind fertig mit Madame Ella. Sie auch? Ich dachte, wir gehen vielleicht auf Eis zu Gunter's. Möchten Sie sich uns anschließen?«

Lettys Gesichtsausdruck war so voller Hoffnung, dass Gillians Herz vor Schuldgefühlen zuckte. Sie musste nein sagen. Sie konnte nicht zu Gunter's gehen, nicht mit dem Grafen und seiner Schwester. Das schickte sich einfach nicht. Sie hatten sie für eine hochgeborene Dame wie Audrey gehalten.

Sie kämpfte um eine Ausrede. »Ich bedauere, dass ich in einen Buchladen gehen und ein paar Romane besorgen muss.«

»Oh ...« Lettys Gesicht verzog sich, aber James' braune Augen leuchteten, als er Gillian anstarrte.

»Wir brauchen auch Romane, nicht wahr, Letty? Wir begleiten Sie, und wenn wir unseren literarischen Durst gestillt haben, können wir unseren körperlichen Durst bei Gunter mit Tee und Eis stillen.« Der Earl verkündete seinen Plan mit solcher Entschlossenheit, dass Gillian keine neue Ausrede einfiel, wie sie ihn ablehnen konnte.

»Ich nehme an, das wäre in Ordnung ...« Ein paar Stunden lang eine kleine Lüge zu leben, konnte nicht schaden, oder?

»Wunderbar! Sind Sie mit einer Kutsche hier, Miss Beaumont? Wir haben eine dabei und würden uns freuen, Sie nach unserem Besuch bei Gunter's nach Hause zu bringen, wenn Sie Ihrem Fahrer die Zeit ersparen möchten«, bot Letty an.

»Oh nein, das geht schon in Ordnung. Ich werde ihn zu Gunter's fahren lassen, und er kann dort auf mich warten«, sagte Gillian. Wenn sie sie am Sheridan-Stadthaus in der Curzon Street absetzten, würde er nicht lange brauchen, um herauszufinden, wer sie wirklich war. Sie konnte sich nicht dazu bringen, ihnen gegenüberzutreten, sollten sie ihre Täuschung entdecken. Wenn sie den Schein noch eine Weile aufrechterhalten könnte, wäre alles gut.

Ich sollte das nicht tun … aber Audrey braucht mich heute Nachmittag nicht, und es wird schön sein, ein paar Stunden so zu tun, als sei ich jemand, der wichtig ist. Unter anderen Umständen hätte dies mein Leben sein können. Es war ziemlich egoistisch, zu diesem Wahnsinn ja zu sagen, das wusste sie, aber sie war fasziniert von James und mochte seine Schwester. Ein Besuch in einer Buchhandlung und bei Gunter's würde ihr sicher nicht schaden. Sicher …

KAPITEL 2

James Fordyce war wie verzaubert. Es war, als wäre eine Zauberin in Madame Ellas Kleiderladen getreten und hätte ein glitzerndes Netz aus Licht über ihn gelegt. In dem Moment, in dem er versehentlich den Vorhang der Umkleidekabine zurückgezogen und sie erblickt hatte, war es, als hätte es in seinen Gedanken nie zuvor oder danach eine andere Frau gegeben. Er war zugegebenermaßen ein Schurke, der Dinge getan hatte, die seinen Vater zum Erröten gebracht hätten, wenn der noch am Leben gewesen wäre, aber diese Frau hatte ihm das Gefühl gegeben, ein siebzehnjähriger Junge zu sein, schwindlig und gaffend, während er sie wie ein mondäugiges Kalb anstarrte.

Er hatte jeden rationalen Gedanken aufgegeben, als er ihre nackten Schultern und ihren Rücken erblickte. Die blasse, cremefarbene Haut war durch das offene Kleid von ihrem Hals abwärts bis knapp über ein reizvoll gerundetes Gesäß freigelegt. Er musste seine niederen Instinkte unterdrücken, um nicht ihre Hüften zu packen und sie an sich zu ziehen.

In dem Moment, als er diese sanften grauen Augen erblickte, war er verloren gewesen. Sie waren so blass wie Morgennebel über einem Feld voller Glockenblumen. Wenn er ihr tief in die Augen blickte, hatte er das seltsame Gefühl, irgendwo in den Wolken zu schweben, dass die Zeit stillzustehen schien und er außerhalb dieses einen Augenblicks weder denken noch atmen musste. Dieses Gefühl hatte ihm noch nie jemand vermittelt. Irgendetwas an dieser Frau erfüllte ihn mit einem wilden Drang, sie ihrer Kleider zu entledigen und sie gleich hier im Geschäft der Modiste in Besitz zu nehmen. Wie war das nur möglich?

Im letzten Moment erinnerte er sich daran, dass er ein Gentleman war und dass ein solcher Anblick die reizende, sanftmütige Dame ruinieren könnte.

Gillian Beaumont.

Ein schöner Name für eine schöne Frau. Ihr Gesicht war nicht das, was die meisten Männer für eine typische Schönheit halten würden, aber ihre Augen und die Offenheit ihres Ausdrucks hatten etwas Ehrliches und Bezauberndes. So viele Frauen des *Ton* verbargen ihr wahres Ich, aber nicht Miss Beaumont. Und er hatte das Glück gehabt, Letty bei sich zu haben, um die Dame davon zu überzeugen, ihn zu Gunter's zu begleiten. Wenn er nur ein paar Stunden mit dieser Frau für sich beanspruchen könnte, würde er es tun. Als er seine Schwester und Miss Beaumont aus dem Laden begleitete, wollte er wie ein junger Bursche herumhüpfen.

»Lassen Sie mich das tragen.« Er nahm Miss Beaumont die Kleiderkartons aus den Armen und begleitete sie zu ihrer Kutsche. Das gab ihm Gelegenheit, den Schwung ihrer Hüften und das Flattern ihrer lavendelfarbenen Röcke zu bewundern, während sie ging, um ihrem Fahrer mitzuteilen, dass er vor Gunters Tea Shop auf sie warten sollte.

»Ich hoffe, Sie nehmen das dunkelviolette Kleid mit nach Hause, bei dessen Anprobe ich Sie beobachtet habe«, neckte James und hoffte, dass sie deswegen nicht in ihre Kutsche springen und fliehen würde.

»Ich ...« Sie errötete hübsch, und er konnte nicht anders, als davon zu träumen, wo sie noch erröten würde, wenn er sie erst einmal unter sich in einem Bett hatte. Der Gedanke ließ seinen Körper vor Verlangen erstarren, sodass er die Vorstellung unter einiger Mühe unterdrückte.

»Und, haben Sie es gekauft?« Er grinste sie an, während er die Kisten dem Kutscher übergab, der sie hinten im Wagen verstaute.

Sie nickte. »Es war bereits für mich geändert worden. Ich wollte nur sicher sein.« Ihre Antwort war so methodisch, dass er lachen wollte. Sie klang nicht wie irgendeine andere Dame, die er je getroffen hatte. Die meisten von ihnen würden nicht so praktisch über Kleider nachdenken. Stattdessen schwärmten sie vom Ausschnitt des Dekolletés oder von den Stickereien am Saum.

»Ich bin froh, dass es so ist. Ich hoffe, Sie werden es bald tragen. Ein so schönes Kleid wird die Aufmerksamkeit aller Männer im Ballsaal auf sich ziehen.«

Sie senkte den Kopf, während ihre schönen Wangen feuerrot blieben. »Ich nehme an, das wird es.«

Irgendetwas an ihrem Tonfall wirkte wehmütig. Er neigte den Kopf zur Seite. Sicherlich würde sie das Kleid tragen und es nicht ungenutzt im Schrank liegen lassen. Das wäre eine Travestie.

Nachdem sie zu seinem Wagen zurückgekehrt waren, öffnete er den Damen die Kutschentür. Als er den Kopf beugte, um sich selbst in die Kutsche zu ziehen, sah er, wie Letty ihre Kleiderkisten neben sich aufstapelte und mit fast trillernder Stimme darüber sprach, wie sehr ihr die neuen Anschaffungen gefielen.

James unterdrückte ein Schmunzeln, als er erkannte, dass seine Schwester, scharfsinnig und verspielt, wie sie war, den Wunsch hatte, neben Miss Beaumont zu sitzen. Er würde sich später bei ihr bedanken müssen, denn im Moment musste er den einzigen freien Platz neben seiner neuen Bekannten einnehmen, die ihm einen überraschten Blick zuwarf, bevor sie so weit wie möglich von ihm weg rutschte. James setzte sich und lächelte in ihre Richtung, während er sie mit seinem linken Knie ganz leicht anstieß. Es war unmöglich, die Farbe in ihren Wangen nicht zu genießen. Die Dame war sehr zurückhaltend und wich nicht weiter von ihm zurück.

Als sie die Buchhandlung betraten, empfing ihn der angenehme muffige Geruch von altem Papier und Leder. Der Nachmittag lugte durch die Vorhänge an der Vorderseite des Ladens und ließ die Buchrücken mit vergoldeter Schrift schimmern und blinken. Er hatte schon immer gern gelesen, und seine eigene Bibliothek auf seinem Landsitz war sehr umfangreich. Er warf einen Blick auf Miss Beaumont, die den Laden mit demselben Hunger und derselben Wertschätzung für Literatur betrachtete, die er empfand. Sie schien zu spüren, dass er sich auf sie konzentrierte, und ihr Blick wanderte zu seinem.

»Sie lieben Bücher?«, fragte er leise.

»Ja, ganz bestimmt. Und Sie, Lord Pembroke?«, antwortete sie, als ihr Blick endlich auf ihm ruhte.

»Auf jeden Fall«, antwortete er. »Bücher nähren die Träume und den Verstand von Männern und Frauen gleichermaßen. Eine Person, die keine Bücher liebt, ist es nicht wert, kennengelernt zu werden.«

»Ich bin ganz Ihrer Meinung. Wenn man nicht liest, hat man in Gesprächen oft so wenig zu sagen«, fügte sie hinzu.

»Nun«, sagte Letty kichernd. »Ich sehe, dass es euch beiden nichts ausmacht, wenn ich euch für ein paar Minuten allein lasse. Der Ladenbesitzer muss mir helfen, das Buch zu finden, das ich suche.« Sie entfernte sich in einen entfernten Teil des Ladens, wo sie nicht gesehen werden konnte. James wollte vor Triumph in die Hände klatschen. Seine Schwester spielte ganz sicher die Kupplerin, und er hätte sich nicht noch mehr darüber freuen können. Sie hatte schon mehr als eine Dame verjagt, die versucht hatte, ein Auge auf ihn zu werfen, aber Miss Beaumont schien ihr zu gefallen.

James begleitete Miss Beaumont tiefer in die Buchhandlung. »Wohin darf ich Sie begleiten? Vielleicht zu den neuesten Naturwissenschaften, in die Philosophieabteilung oder zu den neuesten Romanen?«

»Die Romane, wenn Sie so wollen.« In ihren blaugrauen Augen lag ein schwaches Glitzern, das ihm die Hoffnung gab, dass er sie mit seinen Neckereien doch noch gewinnen könnte.

»Romane? Hier entlang.« Er führte sie durch ein paar weitere überfüllte Gänge, ohne die geringste Ahnung zu haben, wo die Romane zu finden waren, aber er tat sein Bestes, um sich zielgerichtet umzusehen, bis sie zu kichern begann.

»Wissen Sie überhaupt, wo die Romane sind?« Sie bedeckte ihren Mund mit einer behandschuhten Hand, um ihr Lächeln zu verbergen.

»Äh ... Nicht in diesem Laden ...« Er hielt inne und schaute sich dann um. »Aha!« Er zeigte auf ein vergoldetes Schild, das über dem nächsten Regal hing. Darauf stand: »Romane.«

»Da haben Sie aber Glück gehabt«, sagte Miss Beaumont und kicherte.

»Hm.« Er straffte die Schultern. »Nach welcher Art von Romanen suchen Sie, Miss Beaumont?«

Sein neckischer Ton wurde mit einem Lächeln belohnt, das ihre Lippen umspielte, während sie die Bücherregale um sie herum studierte. »Ich fürchte, Sie werden mich dafür verurteilen, wenn ich es zugebe.«

»Unfug. Ich würde nie über eine Dame urteilen, schon gar nicht über eine betörende.« War das ein kokettes Neigen ihres Kopfes, als sie einen Blick in seine Richtung warf? James fuhr fort und kreuzte seinen Zeigefinger auf kindliche Weise über seinem Herzen.

Sie lachte, doch ihr Blick wandte sich von ihm ab, bevor sie die Lider wieder zu ihm hob. »Nun gut.« Sie hob ihr Kinn an. »Ich mag Gothic-Romane sehr gern. L. R. Gloucester hat ein neues Buch herausgebracht. *Lady Gloria und der ernste Earl.*«

Schlösser, übernatürliche Mächte und schreckliche Einsätze waren etwas, das sie begeisterte? James konnte ihr das nicht verübeln; er hatte auch eine Vorliebe für solche Dinge.

»Ich habe ein oder zwei davon gelesen. Sehr amüsant, wenn ich das so sagen darf. Türme und Stürme und leidenschaftliche Affären. Es ist aufregend, nicht wahr?« Er fuhr mit einer Fingerspitze an dem Regal neben ihm entlang und klopfte dabei auf den Rücken eines jeden Buches.

»Das ist es«, gab Miss Beaumont zu. »Was lesen Sie gerne, Lord Pembroke?«

»Nun ...« Er hielt inne und dachte nach, während sie

beide die Titel studierten, die ordentlich in den Regalen gestapelt waren. »Ich mag ein bisschen von allem. Es ist gut, in vielen Dingen bewandert zu sein, aber ich glaube, neben Romanen mag ich vor allem Gedichte.«

»Poesie?« Miss Beaumonts blaugraue Augen weiteten sich. »Die meisten Gentlemen in meinem Bekanntenkreis haben keine Geduld für Poesie.«

»Schade für sie. Die Poesie ist ein Fenster zur Seele eines Menschen. Mit wenigen Worten kann ein großer Schriftsteller Berge versetzen. Ich lese sie, wenn ich einen Ort der Kraft finden muss.« Er merkte, dass er dieser Frau viel mehr von sich offenbarte, als er beabsichtigt hatte.

»Und wen lesen Sie, um Kraft zu schöpfen?«, fragte sie.

»John Donne. Ein bisschen altmodisch, ich weiß, aber er hat etwas an sich ...«

Miss Beaumont verweilte in der Nähe des Regals, ihre Augen schweiften ab, als sie sich an eine Passage von Donne erinnerte.

LET MAPS TO OTHERS, WORLDS ON WORLDS HAVE SHOWN,
  Let us possess one world, each hath one, and is one.

ER WAR NUR KURZ GESCHOCKT, ALS ER DONNES »THE Good-Morrow« erkannte, und er konnte nicht anders, als zu antworten.

. . .

IF OUR TWO LOVES BE ONE, OR THOU AND I
  Love so alike that none do slacken, none can die.

SIE ZITTERTE, UND ER SPÜRTE ES AUCH, EINE WILDHEIT, die unter seiner Haut kribbelte, bis sie ein anhaltendes Gefühl von Schüttelfrost auf seinen Armen und in seinem Nacken erzeugte. Wie ähnlich sie sich doch waren, und wie seltsam, dass er sie noch nie zuvor getroffen hatte. Wie war das möglich? Er hatte in London fast jede Frau im heiratsfähigen Alter kennengelernt, von der Debütantin bis zur alternden Jungfer. Aber diese Schönheit hatte er noch nie von der anderen Seite eines Ballsaals aus erblickt.

»Manchmal ist es schön, dem Alltag zu entfliehen, meinen Sie nicht auch?«, fragte Miss Beaumont.

Ihrem Alltag entfliehen? James konnte nicht umhin, sich zu fragen, was an ihrem täglichen Leben so schlecht war, dass sie sich nach einer Flucht sehnte. Andererseits hatte er Letty oft darüber klagen hören, was Frauen am Tag alles zu tun hatten. Einkaufen, Reiten, Besuche zum Tee, der gefürchtete Stickrahmen ... Vielleicht fand Miss Beaumont das auch langweilig. Seine Wertschätzung für diese stille, intelligente Schönheit wuchs.

»Äh ... Ja. Das empfinde ich auch so.« Das war wahr. Manchmal wünschte er sich, er wäre glücklich verheiratet und sesshaft, aber seine Pflichten gegenüber seinem Titel und seinem Anwesen ließen ihm nur selten einen Moment für sich selbst. Eine seiner wenigen Annehmlichkeiten war die Zugehörigkeit zu einem elitären Untergrundtreffen, dem Wicked Earls' Club. Abgesehen von der Zeit, die er in diesem Club verbrachte, tat er sein Bestes, um sich anständig zu benehmen.

»Ah.« Gillian hielt vor ihm inne und zog mit einer behandschuhten Fingerspitze ein Buch aus dem Regal, um die Titelseite zu untersuchen. »Ich habe es gefunden.«

James riss ihr das Buch aus den Händen und freute sich über ihr kleines Schnaufen, als sie es zurücknehmen wollte.

»Oh bitte, geben Sie es zurück!« Sie stürzte sich darauf, und er tanzte aus ihrer Reichweite. Als sie aufgab, grinste er und blätterte die ersten paar Seiten durch.

»Nun, dieser Kerl verschwendet keine Zeit. Hört euch das an.« Er wählte eine Stelle aus, sprach mit tiefem Bariton und tat so, als sei er der Held. »Lady Gloria lag auf dem Bett, lauschte dem Rauschen des Regens auf den Giebeln, und fürchtete den Moment, in dem ihr Entführer, der Earl of Blackacre, kommen würde. Als er sie nur eine Stunde zuvor im Korridor geküsst hatte, hatte diese leidenschaftliche Umarmung dunkle, köstliche Dinge versprochen, und sie hatte ihm nicht widerstehen können ...« James brach ab, seine Worte endeten in einem seidenen Flüstern.

Miss Beaumont hatte aufgehört mit ihren Versuchen, nach dem Buch zu greifen, ihre Körper waren nur wenige Zentimeter voneinander entfernt, ihr Gesicht war zu dem seinen geneigt. In diesem Moment durchströmte ihn eine Energie, die zu ihr hinüberschwappte. Ihr Gesicht war herrlich rosig rot, und ihre Lippen waren vor Schreck aufgerissen.

»Soll ich fortfahren?«, fragte er und trat näher. Er war verdammt versucht, sich einen Kuss zu stehlen, egal wie skandalös das sein würde.

KAPITEL 3

Gillian konnte nicht mehr atmen. James las in aller Öffentlichkeit eine heiße Stelle aus einem Roman vor, und sie fühlte sich gedemütigt ... und wollte nicht, dass er aufhörte. Das hatte nichts mit der Geschichte zu tun, sondern nur mit seiner hypnotischen Stimme. Ihr Herz raste, und sie konnte nur fasziniert auf James' Lippen starren. So fühlte es sich also an, wenn man sich nach einem Mann sehnte - und es war in der Tat eine Sehnsucht ... eine teuflische Sehnsucht.

»Soll ich fortfahren?«, fragte er erneut und kam näher. Gillian blickte sich in der kleinen Buchhandlung um. Sie hatten sich während ihres Gesprächs in eine schummrige Ecke verzogen, wo sie niemand sehen konnte. Ihr Herz schlug wieder wie wild, und sie leckte sich nervös über die Lippen.

»Das sollten Sie nicht tun«, ermahnte er sie sanft,

während er das Buch zuklappte und es auf den Regalrand neben seiner Hüfte legte.

»Was tun?« Sie wollte zurückweichen, aber ihr Hintern stieß gegen ein Regal hinter ihr.

»Sich die Lippen lecken. Da fragt sich ein Mann, wie sie schmecken und wie Sie sich anfühlen ...« Er griff nach oben, umfasste ihre Wange und strich mit der Daumenkuppe über ihre Unterlippe. Die Berührung brannte auf die köstlichste Weise.

»Meine Lippen leck...« Sie dachte über seine Worte nach und keuchte auf.

James gluckste. »Ich versuche, ein Gentleman zu sein, aber Gott, welch eine Verführung.« Er hob ihr Kinn an und senkte dann seinen Kopf, bis ihre Münder nur noch Zentimeter voneinander entfernt waren.

»Ich fürchte, wenn Sie jetzt nicht von mir verlangen, dass ich weggehe, werde ich Sie küssen.« Seine Stimme war angestrengt, seine braunen Augen voller Wärme. Wenn sie in diese Augen blickte, wurde ihr schwindlig, und ihr Körper fühlte sich träge an, als hätte sie stundenlang unter der Sommersonne in einem Bett aus kühlem Gras gelegen.

»Mich küssen?« Die Worte klangen wie eine Frage, aber James schien sie nicht als solche zu betrachten.

»Hmmm, wenn Sie darauf bestehen ...«, murmelte er leise. Einen Augenblick, bevor sich ihre Lippen trafen, schlossen sich ihre Augen, und sie schmolz an ihm dahin, als sein Mund den ihren berührte. Er küsste sie wie ein Engel, ganz Feuer und Süße mit einem Hauch von Verruchtheit, wo seine Zunge den Rand ihrer Lippen nachzeichnete. Sie zuckte überrascht zusammen, und ihre Lippen öffneten sich, so dass er seine Zunge zwischen sie schieben konnte. Er öffnete seinen Mund an ihrem, und sie stöhnte über das köstliche Gefühl, im Sog der heißen Leidenschaft, die sie durchströmte, hilflos zu sein. Sie konnte das leise Kratzen der Stoppeln seines Kinns auf ihrer Haut spüren, und es brannte köstlich, als er sich an ihrem Hals hinabküsste.

So ruinierte man eine Lady. Das war der Ruhm, für den sie so viel riskierten. Sie hatte die Sehnsucht ihrer Herrin nach Liebe und Ehe und einem Mann nie verstanden ... bis jetzt.

James umfasste ihr Gesicht, sein Daumen strich über ihre Wange, während er sie verwundert und fasziniert anschaute. »Warum kann ich Ihnen nicht widerstehen, Miss Beaumont?«

»Ich weiß es nicht.« Sie blinzelte, benommen von der Tatsache, dass sie und der Earl of Pembroke Brust an Brust gegen das Bücherregal gepresst standen.

»Haben Sie sich schon einmal so gefühlt?«, fragte er.

»Nein, niemals. Ich habe mir schon Sorgen gemacht, dass mit mir etwas nicht stimmt.« Sie lachte halb, aber der Ton war zittrig. Das hätte sie nicht zugeben dürfen - eine Dame hätte das nicht getan.

Aber du bist keine Dame, erinnerte ihre innere Stimme

sie scharf. *Du bist eine Dienerin, und er glaubt, du seist von edler Geburt.*

»Haben Sie schon viele andere Männer geküsst?« James' Frage war voller Neugier und einem Hauch von Eifersucht.

»Nein, aber ich habe auch noch nie gewollt, dass mich jemand küsst«, erklärte sie in einem empörten Flüstern. Der einfache Schwung seiner Lippen brachte auch sie zum Lächeln.

»Gut. Der Gedanke an Sie mit einem anderen Mann könnte mich in den Wahnsinn treiben.«

Besorgt runzelte sie die Stirn. »Sind Sie ein eifersüchtiger Mann?«

James schüttelte den Kopf. »Niemals. Aber bei Ihnen fühle ich mich anders.«

Er schien nicht zu wissen, was er noch sagen sollte, und sie wollte auch nicht sprechen. Sie biss sich auf die Unterlippe und blickte unter ihren Wimpern zu ihm auf. Sie konnte nicht so dreist sein wie Audrey, aber sie hoffte, dass er ihr Verhalten als Einladung auffassen würde.

Er tat es. Er schlang seine Hand um ihre Taille und zog sie zurück in seine Arme. Sie legte ihre Handflächen auf seine Weste und krallte ihre Finger in sein Revers, als sich ihre Lippen zu einem weiteren feurigen Kuss trafen. Er ließ seinen Mund über ihren gleiten, und sie konnte nicht anders, als zu stöhnen, weil sie seinetwegen das Gefühl hatte, als würde ihr ganzer Körper in Flammen stehen. Kein Wunder, dass Audrey Gaunern hinterherlief und um

Küsse bettelte. Wenn sie sich alle so anfühlten, konnte sie es verstehen.

»James? James? Wo bist du?« Lettys Stimme hallte zwischen den Regalen, und er stolperte hastig von Gillian zurück, bevor seine Schwester sie beide entdeckte. Sie hielt ein Trio historischer Bücher in der Hand und betrachtete sie neugierig.

»Hat Miss Beaumont ihr Buch gefunden?«

»Äh ... Ja.« James hielt ihr das Buch hin, und Gillian versuchte, nicht über die fast jungenhafte Schuld zu lachen, die ihm ins Gesicht geschrieben stand. Letty war jünger als ihr Bruder, und es war klar, dass James versuchte, sich in ihrer Nähe von seiner besten Seite zu zeigen, so als wollte er ihr gefallen. Der Gedanke war reizvoll. Er erinnerte Gillian an den älteren Bruder ihrer Herrin, Cedric, Viscount Sheridan. Obwohl er ein berüchtigter Schurke war, war er zu seinen Schwestern unheimlich lieb.

»Ausgezeichnet.« Letty grinste sie an. »James, würdest du die für mich kaufen?« Sie drückte ihm den Stapel Bücher gegen die Brust. Er fummelte herum, bis es ihm gelang, den Stapel festzuhalten. »Ich möchte mit Miss Beaumont sprechen.«

James' Augen funkelten, als er sie ansah. »Ich nehme an, ihr wollt über Dinge weiblicher Natur sprechen?« Er hielt Lettys Bücher in der Hand und wollte sich umdrehen, doch dann hielt Gillian seinen Arm fest.

»Oh, Sie haben da auch meins. Ich werde auch bezahlen müssen.«

»Unsinn. Ich werde es für Sie kaufen.« Er steckte das Buch fest zwischen zwei von Letty's Büchern, wo Gillian es nicht erreichen konnte.

»Oh, bitte, ich muss wirklich darauf bestehen.« Gillian machte einen weiteren beherzten Versuch, nach dem Buch zu greifen, aber James schnalzte mit der Zunge und schüttelte den Kopf.

»Betrachten Sie es als ein Geschenk von mir für eine herrlich unerwartete Abwechslung an meinem Tag. Wenn Sie nicht bei der Modistin gewesen wären, hätte Letty den ganzen Tag damit verbracht, Hauben anzuprobieren.« James verdrehte die Augen, und Letty tat so, als würde sie schmollen. Bevor Gillian argumentieren konnte, verschwand James mit den Büchern und ließ sie mit seiner Schwester allein. Sie hatte die Wahrheit über ihren Betrug in der letzten Stunde ignoriert, aber die Realität war zurückgekehrt, als sie James' Arme verlassen hatte.

Das ist nicht meine Welt. Ich sollte nicht hier sein und die beiden glauben lassen, dass ich eine von ihnen bin. Wie können sie das nicht sehen? Ihr Haar war einfach frisiert. Ihr Kleid war zwar ausgefallener als das einer gewöhnlichen Zofe, aber es war immer noch ein Dienstmädchenkleid.

»Er hat Recht, weißt du. Ich wäre den ganzen Tag dort geblieben. Ich bin sicher, er wäre auf Madame Ellas Couch umgekommen, während er auf mich warten müsste.«

Gillian kicherte bei dem Gedanken an James, der auf

dem Bauch liegend auf einer Couch lag, mit einem grässlichen Gesichtsausdruck, einen Arm verzweifelt über die Augen gelegt, während Letty ihm weitere Hauben auf den Schoß legte.

»Er ist ein wunderbarer Mann, mein Bruder, ganz wunderbar«, sagte Letty und beobachtete Gillian mit einer Schärfe, die sie nur allzu gut an ihre Herrin erinnerte, wenn diese etwas ausheckte.

»Äh … Ja, ich denke schon«, antwortete sie vorsichtig.

Letty studierte die Bücher um sie herum mit einem nachdenklichen Gesichtsausdruck.

»Er verdient eine gute Frau, weißt du. Eine ganze Reihe von Damen haben sich um ihn gerissen, aber …« Letty brach ab. Sie seufzte und begegnete Gillians verwirrtem Blick. »Nun, keine von ihnen ist an einer Liebesheirat interessiert. Ich glaube, mein Bruder hat das verdient, meinst du nicht auch?«

In Lettys Tonfall lag ein Hauch von Warnung, den Gillian verstand. Wenn sie James nicht lieben wollte, musste sie ihn in Ruhe lassen. Was sie natürlich tun musste, denn Grafen heirateten keine Dienstmädchen.

»Ich stimme zu«, sagte sie leise. »Ich habe keine Pläne mit ihm, ehrlich gesagt, Miss Fordyce.«

Letty lächelte. »Wenn du glaubst, dass du echte Gefühle für ihn entwickelst, dann wäre das akzeptabel.« Ihre Antwort überraschte Gillian.

»Aber …«, begann sie.

»Ich will keine Frau für James, die nur hinter seinem

Titel her ist. Es geht um Liebe oder gar nichts. Nach dem Tod unseres Vaters wurde unsere Mutter ... vergesslich und unwohl, und es ist an mir, ihn zu beschützen, zumindest was das Herz betrifft.«

»Ein nobles Unterfangen«, stimmte Gillian zu. Wenn sie Geschwister gehabt hätte, auf die sie hätte aufpassen müssen, hätte sie dasselbe getan. Sie hatte zwei Halbgeschwister, eine Schwester und einen Bruder, aber ... Nun, sie wussten nichts von ihr, und sie konnte es ihnen auch nicht sagen. Immerhin war sie ein uneheliches Kind und eine Dienerin.

Letty sah aus, als wolle sie wieder etwas sagen, aber James kam mit dem Stapel Bücher in den Armen zurück.

»Sollen wir das dem Lakaien geben? Ich will keine Bücher ins Gunter's schleppen. Sie könnten klebrig werden, wenn das aromatisierte Eis von jemandem schmilzt.«

»Gutes Argument, James.« Letty, James und Gillian verließen den Laden. Gillian konnte immer noch nicht glauben, dass sie hier mit einem Earl und seiner Schwester durch die Straßen spazierte und die Rolle einer feinen Dame spielte, aber die Täuschung war zu weit gegangen, und sie konnte jetzt nicht mehr zurückrudern.

Sie stiegen in die Kutsche mit dem Pembroke-Wappen und gaben die Bücher dem Lakaien, der sie in einem ledernen Kutschkasten verstaute. Als sie bei Gunter's ankamen, bot James ihnen an, in der Kutsche zu bleiben. Das Wetter war schön, und Gillian und Letty waren sich einig, dass es angenehmer wäre, ihr Eis in der Kutsche zu essen, als in den Innenraum zu gehen, wo sicher Menschenmassen versammelt waren.

Junge Männer, Angestellte von Gunter's, liefen über die Straße zu den Kutschen und wieder zurück und trugen Eis. Letty winkte ein paar Damen in einer anderen Kutsche zu und wandte sich an James und Gillian. »Es ist wirklich ewig her, dass ich mit Miss Dawkins und Lady Fairchild gesprochen habe. Darf ich zu ihnen gehen?«

»Aber natürlich«, antwortete James, bevor er zu Gillian blickte, die nickte, aber errötete.

Es war vollkommen akzeptabel, bei Gunter's keine Anstandsdame zu haben. Es war einer der wenigen Orte in London, der nicht mit dem Makel behaftet war, ein Ort zu sein, an dem eine Lady ruiniert werden konnte, nur weil sie mit einem Mann allein war. Letty verließ hastig die Kutsche und ging zu ihren Freunden. Gillian saß James nun gegenüber. In ihrem Bauch kribbelte es, und sie widerstand dem Drang, eine Hand auf ihren Bauch zu legen.

»Sie haben doch nicht etwa Angst, mit mir allein zu sein?«, neckte James. »Wir sind hier ziemlich sicher.«

Gillian errötete. »Ich habe keine Angst. Ich war nur noch nie bei Gunter's ...« *Als eine Lady*, fügte sie in Gedanken hinzu. Sie war ihrer Herrin schon oft dorthin gefolgt, aber nie, um sich Süßigkeiten zu gönnen oder sich mit Herren zu unterhalten. Sie war wachsam und still, es sei denn, ihre Herrin brauchte sie.

»Sie waren noch nie bei Gunter's? Mein Gott, woher kommen Sie denn, Miss Beaumont?« James lehnte sich leicht nach vorne und stützte die Unterarme auf die Knie. Er musterte sie neugierig.

»Woher ich komme?«, wiederholte sie, verwirrt von seiner Frage.

»Offensichtlich waren Sie noch nicht in London. Ich meine, wenn Sie noch nie bei Gunter's gewesen sind.«

»Oh ...« Sie überlegte angestrengt, was sie ihm antworten könnte. »Ich lebe auf dem Land und komme nur selten nach London.« Sie suchte in ihrem Gedächtnis vergeblich nach einem Ort, an dem er wahrscheinlich noch nicht gewesen war. »Ich komme aus Lothbrook.« Es war ein kleines Dorf, von dem sie noch nie gehört hatte, bis Audrey vor kurzem ihren Einfluss als Geheimkolumnistin Lady Society genutzt hatte, um eine junge Frau aus Lothbrook mit einem Wüstling zusammenzubringen, der sich in sie verliebt hatte.

»Lothbrook«, dachte James nachdenklich. »Wo habe ich diesen Namen schon einmal gehört?«

»Oh ...«

Bevor Gillian in noch größere Schwierigkeiten geraten konnte, zuckte sie zusammen, als plötzlich ein Angestellter von Gunter's neben dem Wagen auftauchte und ihr zwei Teller mit Eis hinhielt.

»Danke.« James reichte dem Jungen die Bezahlung, und als Gillian versuchte zu widersprechen, schnalzte er wieder einmal mit der Zunge und winkte ihr mit dem Finger.

»Miss Beaumont, glauben Sie wirklich, ein echter Gentleman würde Ihnen erlauben, Ihr Eis selbst zu bezahlen?« Der neckische Blick in seinen Augen ließ sie erröten, und sie fühlte sich mutig genug, darauf mit einem Anflug von leichter Verärgerung über ihn zu antworten.

»Nach dem, was in der Buchhandlung passiert ist, behaupten Sie, ein richtiger *Gentleman* zu sein, Lord Pembroke?«

James tauchte seinen Löffel in sein Eis und nahm einen Bissen. Als er sich über die Lippen leckte, senkten sich seine Wimpern auf Halbmast.

»Ich gestehe. Sie haben meine Schwäche entdeckt. Ich bin mehr Schurke als Gentleman, und ich habe nicht vor, mich für diesen Kuss zu entschuldigen, nicht, solange Sie süßer schmecken als dieses Eis.«

Gillian schnappte nach Luft. Seine offenen, sinnlichen Worte waren zu viel.

»Ich weiß, ich bin furchtbar unanständig.« Ein Lächeln umspielte seine Lippen, und die sanfte Intensität seiner Worte brachte sie zum Schmelzen.

»Ja, das sind Sie.« Sie versuchte, anklagend zu klingen, aber ihr Ton war atemlos.

»Und es gefällt Ihnen«, fügte er schnell hinzu.

»Ja, ich ... Moment, nein. Das tut es ganz sicher nicht!« Sie ließ ihren Löffel in die Eisschale fallen und sah ihn finster an. Das war nicht richtig. Der Teufel. Ein Schelm, der von Küssen und süßen Geschmäckern mit einer Fremden sprach, einer Fremden, von der er nicht einmal wusste, dass sie seiner Aufmerksamkeit gar nicht würdig war. Die aufsteigende Verzweiflung darüber überdeckte sie mit Irritation.

»Bitte essen Sie Ihr Eis auf, bevor es schmilzt und meine freundliche Geste umsonst war.« Er deutete mit der Spitze seines Löffels auf ihren Teller.

Gillian starrte auf das schmelzende Eis, und mit einem kleinen Brummen aß sie es zu Ende, wobei sie sich nur allzu bewusst war, dass James sie beobachtete. Sie war noch nie in ihrem Leben von einem Mann so frustriert gewesen, und sie hatte sich auch noch nie in einer so unbequemen Lage befunden. Wie konnte Audrey es nur aushalten, in der Nähe von Jonathan zu sein, wenn sie sich so fühlte? Gillian schätzte plötzlich die Fähigkeit ihrer Herrin, den Mann, zu dem sie sich hingezogen fühlte, im Zaum zu halten.

Als sie fertig war, ließ James das Geschirr von einem Angestellten des Ladens abholen. Dann warf er einen Blick auf seine Schwester, die ein paar Wagen weiter immer noch in ein Gespräch mit ihren Freundinnen vertieft war.

»Es scheint, dass Letty nicht so bald zurückkehren wird.« James wollte auf Gillian zugehen, um sich neben sie zu setzen, aber er erstarrte, als jemand seinen Namen rief.

»Pembroke? Wie schön, Sie hier zu finden.« Eine vertraute Stimme ließ Gillian zusammenzucken und sich umsehen.

Ein stattlicher Gentleman näherte sich ihrer Kutsche

auf einem Pferd. Der schöne Wallach scheute, als der Herr leicht an den Zügeln zerrte. Es war Mr. Ambrose Worthing, der Halunke, dem sie und Audrey vor ein paar Wochen in Lothbrook geholfen hatten. Sie mochte Mr. Worthing, aber er wusste, dass sie keine edel geborene Lady war. Sie musste etwas sagen, um ihn davon abzuhalten, ihre Maskerade zu entlarven.

»Mr. Worthing! Es ist so schön, Sie wiederzusehen«, sagte sie und begegnete seinem Blick mit Nachdruck.

Mr. Worthings Lippen spitzten sich, und er brauchte nur einen Moment, um ihre stumme Warnung zu verstehen.

»Miss Beaumont. Ich freue mich auch, Sie wiederzusehen«, rief er zurück.

»Wie geht es Ihnen, Worthing?«, fragte Pembroke mit einem Grinsen. »Haben Sie und Ihre Frau sich eingelebt?«

»Ja, wer hätte gedacht, dass das Eheleben so gut zu mir passen würde?« Mr. Worthing gluckste. »Ich dachte immer, ich würde vor den Altar geschleppt werden und um Hilfe schreien. Aber als mir klar wurde, dass Alexandra die einzige Frau ist, die ich jemals lieben könnte ... nun, das machte die Ehe zu einer Notwendigkeit.«

James lachte. »Es scheint, als ob jeder, den ich kenne, es plötzlich kaum erwarten kann, sich die Ehefessel anlegen zu lassen.«

»Sie sind nicht im Geringsten in Versuchung?« Mr. Worthing scherzte und blickte Gillian entschlossen an. Ihr Herz schlug ihr bis zum Hals.

James stieß ein Lachen aus.

»Vielleicht bin ich ein bisschen in Versuchung.« Seine Augen trafen Gillian, und sie konnte den Blick nicht abwenden. Die honigfarbenen Tiefen seiner Augen schienen sie in ihren Bann zu ziehen, sie zu fesseln, bis sie vergaß, wo sie war und mit wem sie zusammen war. Gillian hätte sich nie vorstellen können, wie gefährlich ein Paar brauner Augen sein konnte.

»Ich sehe schon, ich störe«, schaltete sich Mr. Worthing mit einem Hauch von Heiterkeit in seinem Ton ein. »Aber ich bin froh, dass ich Sie getroffen habe, Miss Beaumont. Ich habe einen Brief für Sie.« Mr. Worthing griff in seine Weste und holte ein gefaltetes Stück Pergament heraus. Er hielt es Gillian hin, sein Blick war ernst. Sie nahm es. Auf der Außenseite stand kein Name, nur zwei Buchstaben - LS -, sodass Gillian sofort klar war, dass der Brief an die Lady Society gerichtet war.

»Danke, Mr. Worthing.« Sie wollte das Schreiben soeben in ihr Täschchen schieben, als Worthing erneut das Wort ergriff.

»Ich fürchte, es ist ziemlich dringend.« Wieder waren seine Augen ernst.

»Oh!« Sie fummelte am Siegel herum, um es zu öffnen. Als sie den Brief herausnahm, warf sie noch einmal einen Blick auf Worthing.

»Wenn Sie eine Antwort brauchen, schicken Sie sie an meine Londoner Adresse«, sagte Worthing. Er nickte

Pembroke zum Abschied zu, der sie neugierig beobachtete.

»Vielen Dank.« Gillian sah zu, wie Mr. Worthing seine Fersen in die Flanken seines Wallachs stemmte und davonritt. Erst dann faltete sie das Pergament auf, um den Brief zu lesen.

MEINE LIEBE LS,

Es wird gemunkelt, dass Gerald Langley Sie heute Abend in seinen Hellfire-Club locken will. Er glaubt, dass er dann endlich die Rache bekommt, die er sucht. Ich bitte Sie, nein, ich bestehe *darauf, dass Sie heute Abend zu Hause bleiben. Sie haben Langley genug Schaden zugefügt. Sie sollten sich nicht noch mehr in Gefahr bringen.*

Ihr,
Worthing

GILLIAN LAS DIE WORTE NOCH EINMAL, UND IHR HERZ klopfte. Sie hatte gewusst, dass der Plan, an diesem Abend den Hellfire Club zu infiltrieren, eine sehr schlechte Idee gewesen war. Aber sie konnte nicht ahnen, dass es so gefährlich sein würde. Sie würde ihre Herrin sofort warnen müssen.

»Ist alles in Ordnung, Miss Beaumont? Sie sind sehr blass geworden.« James machte Anstalten, sich neben sie zu setzen.

»J-ja«, stammelte sie, verunsichert durch seine Nähe und den Inhalt des Briefes. Sie zuckte zusammen, als er seine behandschuhte Hand auf die ihre legte. Seine Handfläche war warm und seine Finger stark, aber sanft, als sie sich um ihre Finger schlangen.

»Mylord, das dürfen Sie nicht. Die Leute beobachten uns.« Sie wandte den Blick ab und wünschte sich, sie hätte heute eine Haube getragen, um ihr Gesicht vor suchenden Augen zu verbergen.

»Lassen Sie sie beobachten. Ich mag Sie, Miss Beaumont. Und ich kenne Sie erst seit ein paar Stunden.«

Gillian lachte, aber der Klang war wässrig. »Mylord, Sie kennen mich überhaupt nicht.« Ihr Herz krampfte sich zusammen. »Ich bin Ihnen sehr dankbar für alles, was Sie heute getan haben, aber ich fürchte, ich muss wirklich gehen.«

Sie löste ihre Hand von seiner und hasste es, wie sehr sie seine Berührung vermisste. Sie hätte nie gedacht, dass sie sich einmal in einen Mann verlieben würde, schon gar nicht in einen wie den Earl of Pembroke. Es war an der Zeit zu gehen, diese alberne Scharade zu beenden, bevor ihr das Herz wirklich gebrochen wurde. Sie kletterte aus der Kutsche, schaute sich nach ihrem eigenen Wagen um und fand ihn am Ende der Straße.

»Miss Beaumont, bitte, lassen Sie mich Sie begleiten.« James kletterte hinunter und versuchte erneut, ihre Hand zu nehmen. Gillians Augen brannten vor Tränen, und sie blinzelte sie zurück. *Was ist nur los mit mir? Noch nie hat mich etwas so verletzt.* Aber James überzeugen zu müssen, sie in Ruhe zu lassen, ließ sie innerlich bluten.

»Bitte, Mylord. Sie sollten bei Ihrer Schwester bleiben.« Bevor sie sich von ihm zum Bleiben überreden lassen konnte, eilte sie in Richtung der wartenden Kutsche, die weiter unten am Rand der Straße stand.

Gerade als sie ihren Wagen erreichte, trat ein Mann aus der Seitengasse zwischen zwei Geschäften hervor und packte sie am Arm. Etwas Scharfes bohrte sich in ihre Seite, und sie öffnete den Mund, um zu schreien.

»Still jetzt, Kleines. Ich habe ein Messer, und es ist scharf genug, um sich durch dein Korsett zu schneiden und ein schönes kleines Loch zu machen. Das wollen wir doch nicht, oder?« Der Mann war wie ein Gentleman gekleidet, aber die kräftigen Haare an seinem Kinn und der Cockney-Akzent machten ihr klar, dass er kein Gentleman war.

»Du wirst brav sein, nicht wahr?«, fragte der Mann leise in ihr Ohr. »Nicke, wenn du mich verstanden hast.«

Gillian nickte zögernd mit dem Kopf.

»Lass uns einen kleinen Spaziergang machen.« Er zerrte sie in die Gasse, aus der er gerade gekommen war. Auf der linken Seite war eine offene Tür, die zu Räumen über einer Ladenfront führte. Als sie die Tür erreichten, versuchte Gillian, sich ein wenig gegen ihn zu stemmen, und ihr Mund füllte sich mit einem seltsam bitteren Geschmack. Die Messerspitze stach sie, und sie konnte das Wimmern nicht unterdrücken, das ihr entwich. Der

Instinkt gewann die Oberhand, und sie zappelte in seinem Griff, wollte vor dem Mann und seinem Messer fliehen.

»Hör auf, dich zu wehren«, knurrte der Mann und griff mit einer Hand in ihr Haar, riss ihren Kopf zurück und zerrte sie mit schmerzhaftem Griff in die dunkle Türöffnung. Sie wurde gegen die Wand geschleudert, ihr Kopf schlug gegen das Holz. Sie ließ den Brief aus ihrem Täschchen fallen. Sie versuchte, ihren Kopf zu berühren.

»Ah ... da wären wir.« Der Mann bückte sich und griff nach dem Brief. Mit dieser vorübergehenden Ablenkung senkte er das Messer, so dass es sich in Bodennähe befand, während er den für ihre Herrin bestimmten Brief an sich nahm. Gillian brauchte den Brief nicht, was ihr die Möglichkeit gab, seine Ablenkung zur Flucht zu nutzen. Sie rannte zur Tür, schrie aber auf, als der Mann ihren Rock packte und kräftig daran zerrte.

Sie fiel auf die Knie, und etwas traf sie an der Schläfe. Innerhalb eines Wimpernschlags wurde alles dunkel.

KAPITEL 4

James stand neben seinem Wagen und sah zu, wie Miss Beaumont wegging. Während sich der Abstand zwischen ihnen vergrößerte, wurde sein Herz immer schwerer und er merkte, dass ihm etwas genommen worden war.

Sie hatte so verloren gewirkt, als sie sich von ihm entfernt hatte. In ihren Augen hatte ein Schimmer von Tränen gestanden, den er nicht verstand. Er wollte ihr nachgehen. Irgendetwas stimmte nicht - er spürte es. Er würde sie nach Hause begleiten, auch wenn sie sich wehrte. Was auch immer in diesem Brief stand, es hatte sie sehr aufgewühlt, und sie sollte nicht allein nach Hause gehen müssen. James wies seinen Fahrer an, auf Letty zu warten und sie nach Hause zu bringen. Er würde eine Mietkutsche anhalten, sobald er Miss Beaumont sicher zu ihrem Haus gebracht hatte.

Als er sich wieder der Straße zuwandte, sah er in der Ferne die Gestalt von Gillian, als sie das Ende der Straße erreichte. Plötzlich kam ein Mann auf sie zu und packte sie am Arm. Panik flammte in ihm auf. Kein Gentleman würde den Arm einer Dame auf diese Weise ergreifen, und das auch noch aus dem Nichts. James runzelte die Stirn. Kannte sie den Mann? Die vertraute Haltung deutete darauf hin, aber er war zu weit weg, um genau zu sehen, was zwischen ihnen vor sich ging. Sie und der Mann wendeten sich von der Kutsche ab, gingen in den Hof und verschwanden aus dem Blickfeld.

Der Knoten der Sorge in seinem Bauch wurde immer größer. Was hatte sie vor? Der Mann schien irgendwie anders zu sein, auf eine Art, die James nicht einordnen konnte. Die Art und Weise, wie er sich auf Gillian zubewegte, hatte etwas Bedrohliches an sich, und James fühlte sich nicht wohl dabei, sie allein zu lassen, ungeachtet ihrer Proteste. Er begann zügig zu gehen, aber nach ein paar Sekunden begann er zu rennen. Als er das Marstallgebäude erreichte, stieß er fast mit dem Mann zusammen, der ihn verfluchte und zurückstolperte, bevor er aus der Gasse stürzte.

Was ...?

Von Gillian gab es keine Spur. Er suchte die Gasse ab und spähte tief in die Schatten, die die Gebäude auf beiden Seiten warfen. Er blinzelte und sah eine offene Tür weiter unten in der engen Gasse. Eine blasse Hand war auf der Türschwelle sichtbar.

»Gillian!« Die Angst würgte ihn, als er zur Tür eilte. Er kam neben ihr zum Stehen.

»Oh Gott«, keuchte er, als er sich hinkniete und sie umdrehte. Er legte zwei Finger an ihre Kehle. Ein gleichmäßiger Puls. Sie war am Leben. Er untersuchte sie und sah einen geröteten Fleck an der Schläfe. Der Mann hatte sie geschlagen!

James kniete sich hin und hob sie in seine Arme, um sie an seine Brust zu drücken. Sie musste sofort von einem Arzt untersucht werden. Er eilte zu ihrer Kutsche.

»Entschuldigen Sie!«, rief er dem Kutscher zu. »Sind Sie der Kutscher von Miss Beaumont?« Der Kutscher blickte nach unten und fluchte vor Überraschung über das, was er sah. Er stürzte von seinem Sitz, um James zu helfen, Gillian in den Wagen zu legen.

»Was ist passiert?«, fragte der Fahrer, während seine Blicke Gillians reglosen Körper abtasteten.

»Irgendein verdammter Bastard hat sie niedergeschlagen. Sie muss sofort von einem Arzt untersucht werden.«

»Danke, Mylord.« Der Fahrer half ihm dabei, Gillian auf den Sitz zu schieben.

»Ich werde Sie begleiten. Ich möchte die Dame nicht allein lassen, bevor ich nicht sicher bin, dass es ihr gut geht.«

Der Fahrer zögerte, aber James verschränkte die Arme vor der Brust und blickte finster drein. »Nun gut, Mylord. Steigen Sie ein.«

James nahm Platz und beugte sich dann vor, um Gillian

auf seinen Schoß zu ziehen. Der Gedanke, sie nicht zu halten, machte ihn unruhig und ängstlich. Er strich ihr eine Haarsträhne aus den Augen und fuhr mit dem Daumen über ihre Lippen. Er hasste die Tatsache, dass sie nur deshalb in seinen Armen lag, weil sie verletzt worden war.

»Es tut mir so leid«, murmelte er ihr zu.

Gillian regte sich plötzlich, ihr Kopf schwankte ein wenig, als sie zu sich kam. Einen langen Moment lang konnte er nicht atmen, als er sah, wie ihre Wimpern zuckten, und dann starrte sie zu ihm auf.

»W-Was ist passiert ...?« Sie leckte sich über die Lippen und griff nach oben, um ihren Kopf zu berühren.

»Nicht ...« Er wollte sie aufhalten, aber sie zuckte zusammen, als ihre Hand die empfindliche Stelle an ihrer Schläfe berührte.

»Wie ...« Gillian stieß einen kleinen Schmerzensschrei aus. Es zerrte an seinem Herzen. Es machte ihn fertig, sie so verletzt zu sehen.

»Seien Sie unbesorgt, Miss Beaumont, ich habe gesehen, wie Sie auf diese Kutsche zusteuerten, ehe Sie von diesem Mann in die Gasse gezerrt wurden. Ich konnte ihn nicht aufhalten, aber ich habe Sie gefunden. Möchten Sie sich aufsetzen?«, fragte er sanft. Er wollte sie nicht aus seinen Armen lassen, aber sie nickte.

»Ich sollte ... es gehört sich nicht.«

Er lächelte ironisch. »Es ist eine geschlossene Kutsche. Keiner wird es sehen. Außerdem befinden Sie sich in einer Notlage, und ich möchte Ihnen helfen, wo ich kann.«

»Notlage?« Sie schnaubte. »Ich bin kein kleines Mädchen, Lord Pembroke.«

»Nein, natürlich nicht.« Er wusste, dass er ihre Vorstellung von ihrer eigenen weiblichen Stärke erschüttert haben musste, als er ihr unterstellte, sie sei eine Jungfrau in Nöten. Sie liebte es, Schauerromane zu lesen, hatte aber eindeutig keine Lust, in einem solchen zu leben. Er verstand. Letty hätte ihn mit einem ihrer feinen rehbraunen Handschuhe geschlagen, wenn er es gewagt hätte, ihr zu unterstellen, sie müsse gerettet werden.

Gillian rutschte von seinem Schoß und setzte sich neben ihn, wobei sie wieder vorsichtig den Bereich um ihre gerötete Schläfe abtastete.

»Was wollte der Mann? Er hat Sie zwar geschlagen, aber er hat Ihnen Ihr Täschchen gelassen und wollte anscheinend keine ...« Er schluckte das Wort *Gewalt* hinunter. Das war ein beängstigendes Thema für Frauen, und er wollte ihr keine Angst machen.

»Es war der Brief, hinter dem er her war. Er war wichtig.« Sie seufzte, ihre Augen waren ernst.

»Der Brief? Er hat ihn jetzt?«

Sie nickte. »Leider, ja. Er hat das Papier genommen. Aber er wird daraus nur wenig erfahren. Ich habe den Brief gelesen, und das ist alles, was zählt.« Ihre Finger fuhren über ihre zerrissenen Röcke, wo der Mann sie wahrscheinlich gepackt hatte.

»Was stand in dem Brief, Miss Beaumont?«

»Ich wünschte, ich könnte es Ihnen sagen, aber es ist nicht mein Geheimnis, das ich teilen kann.«

James starrte ihn an. »Was immer in diesem Brief stand, hätte Sie fast umgebracht, und Sie wollen es mir nicht sagen?«

Sie streckte die Hand aus und berührte sein Knie, ihre Augen flehten ihn an.

»Ich wünschte, ich könnte es, aber ich darf es nicht. Es tut mir so sehr leid.«

Es war Wahnsinn. Welches Geheimnis konnte so gefährlich sein, dass eine edel geborene Lady nicht in der Lage war, es ihm zu verraten?

»Könnten Sie mich zum Stadthaus der Sheridans bringen? Ich muss dort mit einer Freundin sprechen.«

»Das Stadthaus von Lord Sheridan? Nun gut.« James seufzte, öffnete das Fenster der Kutschentür und gab dem Fahrer die Adresse.

Sobald er sich wieder auf seinem Platz niedergelassen hatte, beobachtete er sie, wobei er darauf achtete, dass ihm ihre unruhigen Bewegungen nicht entgingen, denn wenn sie ihren Kopf in eine bestimmte Richtung bewegte, blitzte der Schmerz in ihren Augen auf.

»Bewegen Sie sich nicht so viel, Miss Beaumont. Sie haben sich bei dem Sturz wahrscheinlich den Nacken verstaucht.«

»Ich habe mir den Nacken verstaucht?« Sie rieb sich

den Nacken, konnte aber die Stelle, die ihr Unbehagen verursachte, nicht erreichen.

»Darf ich Ihnen helfen?«, fragte er sanft. Er hatte keine Lust, sie auszunutzen, auch wenn er an den meisten Tagen ein Schurke war. Er konnte es nicht ertragen, dieses bezaubernde Geschöpf unter Schmerzen leiden zu sehen.

»Wie, helfen?« Gillians Stimme war sanft und ein wenig atemlos.

»Würden Sie mir erlauben, Sie zu berühren?« Er hob seine Hand an ihre Wange, berührte sie aber erst, als sie nickte. Das war etwas anderes als der gestohlene Kuss in der Buchhandlung. Sie war verletzt und allein mit ihm, und sie musste sicher sein dürfen, dass er ihr niemals wehtun würde.

Er griff nach oben, legte seine Finger auf ihre Schultern und bewegte sie hinunter zu ihrem Nacken, wo er sanft die kleinen Spannungsknoten massierte, die er dort fand. Er hatte einmal eine Geliebte gehabt, die sehr geschickt in der Massage war und ihm genau beigebracht hatte, wo er Druck ausüben musste.

»Das fühlt sich wunderbar an. Woher wussten Sie, dass es die Schmerzen lindern würde?«

»Es beruhigt die Muskeln, wenn man dort, wo sie angespannt sind, leicht massiert.« Er fuhr mit dem Zeigefinger an einer gespannten Sehne in ihrem Nacken entlang und deutete an, wo er sie weiterhin berühren würde. »Entspannen Sie sich. Drehen Sie sich von mir weg. Ich möchte, dass Sie tief einatmen und langsam wieder ausatmen.«

Gillian zögerte einen Moment, bevor sie ihre Beine auf den Sitz legte und ihm ihren Rücken anbot. Vorsichtig knetete er ihren Nacken und ihre Schultern, rieb sogar mit den Fingern in ihrem Haar am Schädelansatz. Ihr leises Stöhnen ließ seinen Körper vor Erregung und Scham vibrieren. Er versprach sich selbst, noch ein paar Minuten länger ein Gentleman zu sein, wenn er konnte.

Warum war diese Frau so verdammt verlockend? Er könnte fast jede Frau in London haben, doch diese stille, intensive und geheimnisvolle Schönheit hatte ihn in ihren Bann gezogen. Es musste der Mantel der Gefahr sein, der sie umgab. Das war es, was ihn anlockte. Er liebte ein gutes Abenteuer. Die Kutsche kam zum Stehen, und der Fahrer rief, dass sie das Stadthaus derer von Sheridan erreicht hätten.

»Danke, Mylord. Es fühlt sich viel besser an.« Gillian drehte sich zu ihm um, und er ließ sie zögernd los.

»Miss Beaumont, ich sollte wirklich dafür sorgen, dass Sie einen Arzt aufsuchen.«

Sie schüttelte den Kopf. »Meine Freundin kann einen holen lassen, wenn ich mich immer noch unwohl fühle.«

Gillian nahm ihr Täschchen und rutschte hinüber zur Tür der Kutsche. Er kam ihr zuvor und öffnete sie für sie. Sie blinzelte, als wäre sie überrascht, dass er ihr die Tür öffnete. Gab es denn keine Gentlemen in Lothbrook? Er half ihr hinunter und genoss diese letzte Gelegenheit, ihre

Taille zu halten und ihre Hände auf seinen Schultern zu spüren, bevor er sie wieder absetzen musste.

»Und Sie sind ganz sicher, dass Sie nicht wollen, dass ich mit Ihnen hineingehe?«, fragte er, in der Hoffnung, sie würde ihre Meinung ändern.

»Nein, bitte. Ich muss meine Freundin unter vier Augen sprechen. Der Kutscher wird Sie nach Hause bringen.« Sie wollte dem Kutscher zuwinken und ein paar zusätzliche Münzen aus ihrem Geldbeutel ziehen, aber James ergriff ihre Hand und zog sie sanft zu seinen Lippen, um sie zu küssen.

»Nicht nötig. Ich glaube, ich könnte einen Spaziergang gebrauchen.« Es bestand kein Zweifel, dass er seinen Kopf frei bekommen musste.

»Ich danke Ihnen, Lord Pembroke. Wirklich. Ich weiß nicht, was passiert wäre, wenn Sie mir nicht nachgekommen wären.« Ihre Lippen zitterten, aber sie wirkte auf ihn nicht wie ein schwaches, zartes Wesen. Sie war mutig, und es war erstaunlich, dass sie das, was geschehen war, mit solcher Anmut ertragen hatte.

»Darf ich Sie irgendwann besuchen?«, fragte er. Der Gedanke, dass diese geheimnisvolle Frau nach Lothbrook zurückkehrte und er sie nie wieder sehen würde, machte ihn traurig.

»Ich ...« Sie biss sich auf die Unterlippe. »Ich glaube nicht, dass das klug wäre.« Es schien, als wollte sie noch mehr sagen, aber sie überlegte es sich anders und eilte die Treppe hinauf. Sie machte sich nicht die Mühe, an die Tür zu klopfen, sondern stürmte hinein und verschwand aus dem Blickfeld.

James stand auf der untersten Stufe, starrte auf den Türklopfer in Form eines glotzenden Löwenkopfes und versuchte, den seltsamen Schmerz unter seinen Rippen zu ignorieren. Es waren bereits ein paar Minuten vergangen, in denen er sich auf den Heimweg befand, als ihm einfiel, dass das Buch, das er für sie gekauft hatte, noch immer in der Kutsche bei Letty lag.

»IST ER WEG?«, FRAGTE GILLIAN SEAN, DER DISKRET AUS dem Fenster auf den Bürgersteig schaute, wo sie James hatte stehen lassen.

»Ja. Er hat gerade begonnen, die Straße hinunterzugehen. Was ist passiert?« Der junge Ire sah besorgt aus.

»Das ist eine lange Geschichte, und ich muss mich wirklich einen Moment ausruhen. Ist Miss Sheridan zurück?«

»Noch nicht. Die Liga ist in der Stube und trinkt Tee. Unsere Herrin hat einen Blick auf Mr. St. Laurent geworfen, als er kam, und ist aus dem Haus geflohen. Sie hat nicht einmal ihre Haube mitgenommen.« Sean gluckste.

»Was?« Das war ganz und gar untypisch für Audrey. Sie verließ das Haus nie ohne eine anständige Haube. Sie liebte sie zu sehr, um ohne ein solches Ding gesehen zu werden.

»Natürlich gab es einen ziemlichen Skandal unter den Bediensteten.«

»Was? Warum?« Gillian folgte Sean die Treppe hinunter in die Küche der Bediensteten, wo sie sich auf einen Stuhl am Feuer fallen ließ und einen Keks vom Tablett stahl, als die Köchin ihr den Rücken zuwandte.

»Nun, Mr. St. Laurent sah sie gehen und fragte mich, wohin sie gegangen sei. Ich versuchte, ihm zu sagen, dass ich keine Ahnung habe, und dann rannte er ihr hinterher. Seitdem hat niemand mehr einen der beiden gesehen.«

»Oh je ...« Gillian rieb sich die Augen. Audrey war weggelaufen, und St. Laurent hatte sie verfolgt? Das musste doch zu Problemen führen. »War Lord Sheridan sehr besorgt?«

Der Lakai errötete. »Er weiß es nicht. Er hat viel zu tun, weißt du.«

»Beschäftigt?«, erwiderte Gillian.

»Ja. Anscheinend erwarten nicht nur die Herzogin von Essex und die Marchioness von Rochester ein Kind.«

»Was?« Gillian setzte sich auf und vergaß für einen Moment ihren schmerzenden Kopf, als ihr Freund grinste. »Sag mir, Sean, was ist es?«

»Nun, es scheint ...« Der Ire zog die Spannung in die Länge, bis sie es kaum noch aushielt. »Das Sheridan House wird in sechs oder sieben Monaten den Schrei eines Babys hören. Die Liga nimmt das Kinderkriegen genauso ernst wie Hochzeiten.«

Gillian kicherte, und pure Freude erfüllte sie. Lady

Sheridan und Lord Sheridan erwarteten ein Kind. Was für eine wunderbare Nachricht!

»Also kannst du dir vorstellen, dass sich im Moment keiner aus der Liga auf Miss Audrey oder Mr. St. Laurent konzentriert. Essex und Rochester haben sogar Wetten darüber abgeschlossen, wer der stärkere Kerl sein wird, wenn die Kleinen erst einmal groß sind. Keiner der Lords scheint daran zu denken, dass ihre Erstgeborenen kleine Mädchen sein könnten.« Sean setzte einen Kessel Wasser auf den Herd und ignorierte das Murren der Köchin, der es lieber war, wenn ihre Küche frei von sich einmischenden Lakaien war, solange sie mit der Zubereitung des Abendessens beschäftigt war. Gillian lächelte leise bei dem Gedanken, dass diese starken Gentlemen alle über Kinder sprachen. Sie hatte diese Männer mit ihren Frauen gesehen, und wenn man bedachte, wie sie mit den Frauen, die sie liebten, umgingen, dann würden sich diese Lords ihre Kinder um den Finger wickeln lassen, sobald sie geboren waren. Es war wundervoll, einfach wundervoll, sich Kinder vorzustellen, die in Haushalten voller Liebe und Lachen aufwuchsen. Nicht so wie ihr eigenes Haus, das bis auf ihre Mutter und eine Handvoll Diener ruhig und leer gewesen war. Ihre Gedanken schweiften zurück zu James und dem, was Letty über den Tod seines Vaters und die Krankheit seiner Mutter gesagt hatte. Auch er hatte ein schwieriges Leben gehabt, trotz eines Titels und Geldes. Das war eine weitere Gemeinsamkeit zwischen ihnen, und doch würde sie diesen Mann nie wiedersehen, so sehr sie sich das auch wünschen mochte.

»Bist du jetzt bereit, mir zu erzählen, was heute passiert ist?« Sean beugte sich zu ihr herunter, umfasste sanft ihre Wange und drehte ihr Gesicht, damit er es besser sehen konnte. »Was ist mit deinem Gesicht passiert? Hat Lord Pembroke ...?«

»Nein.« Sie unterbrach ihn, bevor er das Schlimmste über den Mann vermuten konnte, der ihr Retter gewesen war. »Ich wurde in einer Gasse von einem Mann angegriffen, und Lord Pembroke kam mir zu Hilfe. Ich fürchte, mein Kopf schmerzt etwas zu heftig.«

Sean blickte immer noch finster drein. »Du wirst mir alles erzählen, was passiert ist.« Er stahl ein paar Kekse, schenkte ihr eine Tasse Tee ein und setzte sich neben sie, um ihrer Erzählung über den Brief zuzuhören. Er war der Einzige, dem sie in Bezug auf Audreys Doppelleben vertrauen konnte. Sie ließ die herrlichen Küsse des Earls ebenso weg wie die Tatsache, dass sie den Nachmittag in einer Verkleidung als Lady verbracht hatte. Sean hätte ihre Täuschung missbilligt. Als sie fertig war, war der Lakai schon auf den Beinen und lief durch die Küche, sehr zum Verdruss der Köchin, die ihm immer wieder ausweichen musste, während sie das Abendessen zubereitete.

»Wir müssen Miss Sheridan sofort finden.«

Gillian stimmte zu. Audrey könnte in Gefahr sein. Derjenige, der sie in der Gasse angegriffen hatte, war auf den Brief aus gewesen, wahrscheinlich weil er an dem Plan beteiligt war, Lady Society aufzuspüren und ihr zu schaden. Aber Gillian hatte den Brief gelesen und wusste um die Bedrohung. Wenn es ihr gelang, Audrey rechtzeitig zu finden und zu warnen, konnten sie sie vielleicht noch retten.

Sie folgte Sean die Treppe hinauf in den Haupteingang, gerade als die Haustür aufflog. Audrey schritt herein, die Haare wild zerzaust, die Wangen gerötet und die Röcke zerknittert.

»Mylady!« Gillian schnappte nach Luft. War ihr etwas zugestoßen? Sie hatte ihre Herrin noch nie so zerzaust gesehen, außer ... in jener Nacht, als sie und Charles eine ziemlich grobe Verführung vorgetäuscht hatten, um Cedric unter Druck zu setzen, Audrey jemanden heiraten zu lassen, und zwar bald. Hatte Audrey tatsächlich jemanden geküsst, um so ... zerzaust auszusehen?

»Gillian?« Audrey schien abgelenkt und ein wenig überrascht, sie zu sehen.

»Ja, Mylady.« Gillian und Sean neigten beide die Köpfe, aber Sean ergriff das Wort.

»Mylady, wir müssen mit Ihnen sprechen. Ich fürchte, es ist eine dringende Angelegenheit.«

»Oh?« Audrey wartete, bis sie ihr nach oben in ihr privates Arbeitszimmer gefolgt waren.

Als sie drinnen waren und die Tür geschlossen hatten, nahm Audrey Platz und sah sie erwartungsvoll an.

»Mylady, Sie haben eine Warnung von Mr. Worthing

erhalten. Sie dürfen den Plan von heute Abend nicht durchführen.«

Audreys Stirn legte sich in Falten. »Aber warum nicht? Du weißt, dass diese Männer Monster sind. Ich kann nicht zulassen, dass sie ihre furchtbaren Treffen fortsetzen.«

Gillians Kopf schmerzte, und sie tauschte einen Blick mit Sean. »Mylady, da war ein Mann. Er hat mich angegriffen, um den Brief zu bekommen, den Mr. Worthing mir gegeben hat.«

»Angegriffen! Um Himmels willen, Gillian, bist du in Ordnung?« Audrey war blitzschnell auf den Beinen, eilte zu Gillian und zog sie auf einen Stuhl. »Bitte, setz dich. Ich hatte ja keine Ahnung.«

Zum ersten Mal sah Gillian echte Sorge in den Augen ihrer Herrin.

»Mir geht es gut. Lord Pembroke half mir und begleitete mich nach Hause.«

»Hat er das? James ist so ein Schatz«, murmelte Audrey.

Ein plötzlicher Anflug von Neid durchzuckte Gillian, als sie hörte, wie Audrey James' Namen mit Offenheit und leichter Vertrautheit aussprach. Es erinnerte sie nur an die Kluft, die sie trennte.

»Ich sollte ihm danken«, fügte Audrey hinzu.

»Nein!« Gillian keuchte. Sean und Audrey starrten sie an, und sie wusste, dass sie den Rest ihres Tages zumindest teilweise würde erklären müssen.

»Ich... das heißt, der Earl of Pembroke hat mich für eine Lady gehalten, und ich habe ... nun ja, ich habe ihn nicht gerade korrigiert.«

Als sie alles gestanden hatte, schwieg Audrey. Sean sah sie missbilligend an.

»Werden Sie mich jetzt entlassen?«, fragte Gillian. Angesichts ihres unverschämten Verhaltens und ihrer Täuschung wäre das nicht unangebracht.

»Entlassen?« Audrey neigte verwirrt den Kopf zur Seite. »Warum sollte ich dich entlassen?«

»Weil ich Lord Pembroke getäuscht und über meinen Stand im Unklaren gelassen habe.«

Wieder blickte ihre Herrin sie an, den Kopf immer noch leicht schräg gelegt, die braunen Augen leuchtend.

»Vielleicht würde dich jemand anderes entlassen, aber wir sind nicht einfach Lady und Zofe, Gillian. Wir sind *Freundinnen*. Ich kenne dich fast so gut, wie du dich selbst kennst. Ich glaube nicht, dass du dich Lord Pembroke gegenüber schlecht verhalten hast. Er hat eine Vermutung geäußert, und du hast ihn nicht korrigiert. Darüber können wir uns später Gedanken machen. Wichtig ist, dass du unverletzt geblieben bist. Ich möchte, dass du dich heute Nacht ausruhst. Sean wird über dich wachen.«

»Und Sie werden hier bleiben, Mylady? In Sicherheit bleiben?«, drängte Gillian.

»Ich werde in Sicherheit sein«, versicherte Audrey ihr. »Jetzt lass uns dich ins Bett bringen, damit du dich ausruhen kannst.«

Gillian verließ Audreys Arbeitszimmer und stieg die Treppe zu ihrem privaten Schlafzimmer hinauf. Sean brachte ihr eine weitere Tasse Tee und eine Schüssel Suppe, die göttlich duftete. Nachdem sie gegessen hatte, legte sie sich auf ihr schmales Bett, zog die Bettdecke um ihren Körper und schloss die Augen. Heute war so viel passiert - Dinge, die beängstigend gewesen waren, und Dinge, die wunderbar gewesen waren.

Sie wusste, dass das, was sie James gegenüber getan hatte, falsch war. Sie war keine Lady wie Audrey. Aber für ein paar Stunden hatte sie vergessen, wie müde und ängstlich sie war und wie erdrückend ihr Leben als Dienstmädchen sein konnte. Sie war einfach sie selbst, Gillian, und sie hatte einen wunderbaren und attraktiven Aristokraten geküsst.

Sie wiederholte in Gedanken noch einmal ihren hitzigen Moment in der Buchhandlung und brannte ihn in ihr Gedächtnis ein. Er würde sie in den langen, einsamen Nächten, die vor ihr lagen, wärmen. Gillian würde nie eine Lady wie ihre Herrin sein, aber sie konnte sich vorstellen, was hätte sein können, wenn sie Lord Pembrokes Lady gewesen wäre. Eine Träne lief aus ihren geschlossenen Augen und befeuchtete ihr Kissen.

Ich bin eine ungezogene Magd, weil ich solche Gedanken habe, aber ich wünschte, ich könnte seine ungezogene Magd sein.

ZWEITER TEIL

Audrey Sheridans Augen mochten zwar auf ihre Reflexion in ihrem Eitelkeitsspiegel gerichtet gewesen sein, aber ihr Geist war nach innen gerichtet. Heute Abend sollte sie sich auf eine gefährliche Mission begeben: einen Hell Fire Club zu infiltrieren, um die Mitglieder und ihre schmutzigen Taten vor der Londoner Gesellschaft zu entlarven.

Als geheime Kolumnistin der Lady Society rühmte sie sich der Artikel, die sie für *The Quizzing Glass Gazzette* schrieb. Sie schrieb keine dummen kleinen Kuschelgeschichten darüber, wer wen heiratete oder wer die neueste Mode aus Paris gut getragen hatte, obwohl sie es so liebte, über Mode zu sprechen. Ihre Artikel waren dazu gedacht, die Grenzen der Gesellschaft zu verschieben.

Schließlich würde der *Ton*, wenn man ihn sich selbst überließ, selbstgefällig und unbewegt bleiben. Ein stagnierender Boden ohne neue Ideen, der nur alte Vorstellungen verkörpert. Ein Ort, an dem Fortschritte nicht toleriert, geschweige denn angenommen wurden.

Ein Lächeln setzte sich auf ihre Lippen, während sie sich der Vorstellung hingab, wie der heutige Streifzug in einen gefährlichen Club alle schockieren würde. Sie wäre natürlich inkognito, aber dennoch, sobald sie den Artikel schrieb, der die Mitglieder des Hell Fire Club entlarvte, wäre ganz London schockiert von der Vorstellung, dass die geheimnisvolle Lady Society eine derartige Gefahr überlebt und sich dabei nicht selbst enthüllt hätte.

Das Problem war, ihren älteren Bruder Cedric und seine Freunde, die Liga der Schurken, davon abzuhalten, ihre Pläne zu entdecken. Sie waren alle sehr lieb, aber Himmel nochmal, sie konnten so überfürsorglich ihr gegenüber sein. Sie könnte genauso gut fünf ältere Brüder haben, anstatt nur einen. Seitdem ihre Eltern gestorben waren, als sie noch ein Kind gewesen war, war Cedric mehr als ein Bruder geworden - er hatte sich in einen erbitterten Vormund verwandelt. Er hätte sie in einen riesigen Haufen Musselin gewickelt, um sie zu beschützen, wenn er könnte.

»So, fertig, Mylady.« Ihr Dienstmädchen, Gillian Beaumont, steckte eine zarte Locke in Audreys Frisur fest.

Audrey sah ihr Mädchen im Spiegel an und wollte sehen, ob die junge Frau zurücklächeln würde. Gillian war die ganze Zeit so ernst. Sie und Audrey waren beide neunzehn, aber Gillian schien manchmal so verloren, als hätte sie viele Leben zuvor gelebt, und keines davon war gut ausgegangen. Audrey bestand darauf, ihr Dienstmädchen in ihre wilden Pläne einzubeziehen. Sie wollte, dass ihre Freundin ein wenig das Leben genießen konnte.

»Perfekt. Ich muss heute gut aussehen. Die Liga kommt in einer Stunde zum Tee vorbei und ...« Audreys Wangen erhitzten sich, da sie den Gedanken an den Mann, der bald unter ihrem Dach sein würde, nicht mehr wegdrücken konnte. Sie wusste, dass Gillian davon ausging, dass sie hier bleiben würde, während sie zum Tee kamen, aber das war das Letzte, was Audrey wollte. Es war schmerzhaft offensichtlich geworden, dass Jonathan St. Laurent nichts mit ihr zu tun haben wollte. Er hatte seine Absichten letztes Weihnachten vollkommen deutlich gemacht, als er beinahe aus dem Zimmer geflohen war, als sie versucht hatte, ihn zu verführen.

Er will nichts mit mir zu tun haben, also werde ich nicht hier bleiben und höflich sein.

Ihre Gefühle hatten gelitten. Mehr als gelitten. Sie hatte sich in Jonathan verliebt, kurz nachdem sie ihn kennengelernt hatte, und seitdem hatte sie von keinem anderen Mann mehr geträumt. Obwohl sich ihre Gefühle zu ihm nicht geändert hatten, hatte sie ihren Stolz und war es leid, sich ihm an den Hals zu werfen.

»Und Mr. St. Laurent wird da sein?«, fragte ihr Dienstmädchen.

»Äh ... ich denke schon«, murmelte sie. Sie wollte wirklich nicht mehr über Jonathan sprechen. »Gillian, könntest du heute ein paar Besorgungen für mich machen? Ich glaube, wir müssen ein paar Artikel in der *Quizzing Glass Gazzette* abgeben, die in den nächsten Wochen erscheinen müssen. Würdest du dich für mich darum kümmern?«

Sie zog das Oberteil ihres Kleides ein wenig hoch. Das Kleid aus blauem Musselin war eine vernünftige Wahl, aber mit der lavendelfarbenen Spitze am Saum fühlte sie sich wie eine Feenkönigin. Jeder machte sich über ihre Liebe zur Mode lustig, aber keiner von ihnen verstand, dass sie Teil ihrer Macht war, mit weit größerer Reichweite, als ein Mann je glauben würde. Sie konnte sich als Junge verkleiden oder sich wirkungsvoll wie eine Königin einkleiden. Sie neigte den Kopf, als sie merkte, dass Gillian ihr nicht geantwortet hatte. Ihr Dienstmädchen starrte in die Ferne, ihre Hände spielten abwesend mit einem Stück ihres eigenen Kleides.

»Nun? Macht es dir etwas aus?«

Gillians Augen weiteten sich, und sie konzentrierte sich auf Audrey. »Natürlich, entschuldigen Sie, Mylady. Ich war gerade in Gedanken. Ja, geben Sie mir die Artikel, und ich werde sehen, wie sie in die richtigen Hände gelegt werden.«

»Ausgezeichnet.« Audrey ging zu ihrem Schreibtisch, zog drei Artikel aus der Schublade, die sie sorgfältig in Umschläge gelegt hatte, und gab sie Gillian.

»Brauchen Sie sonst noch etwas, Mylady?«, fragte Gillian.

»Im Moment nichts. Oh, und vergiss nicht, heute Abend werden wir zu diesem Hell Fire Club gehen.«

Ihr Dienstmädchen versteifte sich, und das Papier in ihrer Hand zerknitterte. »Mylady, ich glaube wirklich nicht, dass wir ...«

Audrey tappte mit dem Fuß und verschränkte ihre Arme. »Gillian, du weißt, dass der schreckliche Gerald Langley zu diesem Club gehört. Wie hieß der doch gleich?« Sie durchsuchte ihr Gedächtnis. »Sünder und Sadisten, oder nein ... Warte!« Sie hob einen Finger in die Luft. »Die unheiligen Sünder der Hölle.«

Gillian zuckte offen zusammen. »Müssen wir heute Abend gehen? Die Männer könnten gefährlich sein.«

Gefährlich? Lieber Himmel, das hoffte sie. Das Leben konnte für eine adelige Dame so langweilig sein. Sie sehnte sich nach der gleichen Freiheit wie Männer, die herumlaufen konnten und taten, was sie wollten.

»Unsinn. Uns kann gar nichts passieren. Sie erlauben den Damen, an ihren unheiligen Feierlichkeiten teilzunehmen, und wenn wir Charles und seinen Diener als Begleiter mitbringen, werden wir ganz sicher sein.«

Gillian starrte sie an. »Lord Lonsdale? Er ist nicht gerade ein Mann mit hervorragendem Ruf. Sie erinnern sich sicher an die Schwäne. Alle waren so empört.«

Audrey konnte ihr Kichern nicht unterdrücken. Die Schwäne. Jeder liebte die Schwan-Geschichte. »Natürlich erinnere ich mich. Ich war dabei. Charles ist nicht so schlimm. Es fiel mir verdammt schwer, ihn dazu zu bringen, mich zu küssen, erinnerst du dich? Er ist mehr ein Gentleman, als er andere glauben lassen will.«

Ihr Dienstmädchen gab ein kleines Schnauben von sich und ging zur Tür, aber Audrey erinnerte sich plötzlich an eine weitere Sache, die sie Gillian tun musste, die sie sicher beschäftigen würde, während Audrey heute Nachmittag weglief, um ihre Ausbildung zur Spionin fortzusetzen. Sie wusste, dass Gillian es ablehnen würde, aber Audrey musste etwas tun, einige Abenteuer erleben.

»Die Kleider! Die habe ich ganz vergessen. Du musst zu Madame Ella gehen und die Kleider abholen. Probiere eins an, um sicherzustellen, dass sie passen«, sagte Audrey. Sie vertraute der Fähigkeit der Schneiderin, aber manchmal wollte sie Gillian einen Vorgeschmack auf das Leben geben, das die andere Frau niemals erleben würde. Sie war die Tochter eines Grafen und wäre unter anderen Umständen sogar höher gestellt als Audrey gewesen, doch sie war in den häuslichen Dienst gezwungen worden, um ihrer Mutter menschenwürdige Lebensbedingungen zu ermöglichen. Aber Gillian war jetzt ganz allein, mit Ausnahme von Audrey, und die würde niemals zulassen, dass Gillian verwelkte. Frauen mussten sich gegenseitig helfen.

Gillian seufzte mit herabhängenden Schultern, als sie nickte.

»Danke.« Sie begleitete ihr Dienstmädchen zur Tür und gab ihr einen ermutigenden kleinen Stoß. Audrey stand oben auf der Treppe und beobachtete, wie ihre Freundin wegging.

»Hab heute Spaß. Du verdienst es«, flüsterte sie und hoffte, dass Gillian den Tag nutzen würde, um frei von ihrer Rolle als Dienerin zu sein, genauso wie Audrey heute Nachmittag frei von ihrer eigenen Knechtschaft als hochgeborene Dame sein würde. Als sie sicher war, dass ihr wachsames Dienstmädchen weg war, kehrte sie in ihr Zimmer zurück und überprüfte noch einmal ihr Aussehen, dann holte sie den Brief aus der Rocktasche ihres Kleides. Sie öffnete das Schreiben und las es noch einmal.

Miss Sheridan,

Ich gebe Ihnen gerne Unterricht in den Künsten, von denen wir gesprochen haben, aber Sie müssen sicher sein, allein in den Mitternachtsgarten zu kommen. Ich kann Sie nicht in meiner Wohnung treffen. Achten Sie darauf, dass Sie um halb eins ankommen. Mieten Sie eine Kutsche und lassen Sie sich bei den Stallungen absetzen. Ein Diener wird dort auf Sie warten und Sie hineinbegleiten.

Evangeline Mirabeau

Audrey zerriss den Brief vorsichtig in winzige Stücke und steckte sie in eine Schublade, um sie später zu entsorgen. Sie nahm ihr Täschchen und blickte noch einmal auf die Uhr auf dem Kaminsims. Es war jetzt fast ein Uhr. Sie sollte gehen, bevor die Liga zum Tee auftauchte. Wenn sie erklären müsste, warum sie sich davonmachen wollte, könnte ihr Bruder vermuten, dass sie etwas im Schilde führte ... und er würde damit richtig liegen.

Als sie ihr Zimmer wieder verließ und die Treppe hinunterging, kam ihre Schwägerin Anne aus der Bibliothek und strahlte sie an.

»Audrey! Wie schön, dass ich dich gefunden habe! Cedric und ich möchten mit dir sprechen, bevor alle ankommen.«

Anne strahlte praktisch, und Audrey vermutete, dass die Nachricht, die ihr Bruder mitteilen wollte, die Tatsache beinhalten würde, dass sich ein kleiner zukünftiger Sheridan auf den Weg gemacht hatte. Aber sie würde ihren Moment der Freude nicht verderben, indem sie sie wissen ließ, dass sie es erraten hatte. In der vergangenen Woche hatte sie beobachtet, wie ihr Bruder und Anne beim Frühstück miteinander flüsterten und geheime Lächeln teilten.

Audrey versuchte, ein kleines Prickeln von Neid zu ignorieren. Sie wollte mit einem Mann verheiratet sein und ihn so lieben, wie Anne ihren Bruder liebte. Aber Jonathan wollte sie nicht, und kein anderer Mann hatte sie so bewegt wie er. Daher beschloss sie, für sich zu bleiben und die sprichwörtliche alte Jungfer zu werden, aber heimlich ein Leben voller Spionage und Intrigen zu führen, vorausgesetzt, dass Evangeline Mirabeau ihr helfen könnte, das Handwerk richtig zu lernen. Audrey wusste, dass sie einige Fähigkeiten besitzen musste, um die Geheimnisse der Gesellschaft aufzudecken und so lange als Lady Society unentdeckt zu bleiben.

Anne schob ihren Arm durch Audreys, und sie gingen in das Arbeitszimmer ihres Bruders. Cedric saß an seinem Schreibtisch, die Mittagssonne erhellte ihn, während er einen Stapel Briefe las.

»Cedric, ich habe Audrey gefunden.« Anne ließ ihr warmes Lächeln aufblitzen, ließ Audreys Arm los und ging dann zu ihrem Mann und küsste seine Wange. Ihr Bruder grinste, als er seine Briefe beiseite schob, und stand auf. Er legte einen Arm um Annes Taille, seine braunen Augen funkelten.

»Ah, gut. Ich nehme an, Anne hat dir schon erzählt, wir hätten Neuigkeiten mit dir zu teilen?«

»Ja.« Audrey wartete und ließ sie ihre Nachrichten genießen. Sie freute sich so für sie. Cedric war letztes Weihnachten geblendet worden und hatte seinen Lebenswillen dabei so gut wie verloren. Die Ehe hatte ihn auf mehr als eine Weise gerettet. Sein Augenlicht war zurückgekehrt, und sein Lebenswille auch. Beide verdienten große Freude in ihrem Leben.

»Wir erwarten ein Kind. Es ist noch früh, aber wir sind sehr zuversichtlich.«

Audreys Augen waren voller Tränen, als sie ihren Bruder und seine Frau ansah. Sie beide strahlten vor Liebe und über die Verheißung ihres ersten Kindes.

»Oh, Cedric, das ist die wunderbarste Nachricht!« Sie eilte zu ihm und umarmte sie beide. Ihr Bruder ließ Anne los, um Audrey heftig zu umarmen.

»Ich hoffe, es macht dir nichts aus, die hingebungsvolle Tante unserer Kleinen zu sein, wenn das Baby ankommt?«

»Natürlich nicht!« Sie schniefte und wischte sich die Augen, als er sie losließ. Ihre andere Schwester, Horatia, war ebenfalls schwanger, aber da sie und Lucien in einem separaten Stadthaus lebten, würde Audrey ihr Kind nicht so oft sehen wie dieses unter ihrem eigenen Dach.

»Aber du sollst nicht das Gefühl haben, dass du bleiben musst«, sagte Anne, ihr Ton ernst. »Wir wollen nur, dass du glücklich bist, und es scheint, dass in letzter Zeit ...« Anne blickte Cedric beunruhigt an.

»Was denn?«, fragte Audrey.

»Dass du einsam bist. Ich hasse es, dich mit so säuerlicher Miene herumlaufen zu sehen, Kätzchen.« Cedric tätschelte ihr das Kinn, so wie er es im Laufe der Jahre so oft getan hatte. Er hatte sich immer um sie gekümmert, immer ihre Interessen in den Vordergrund gestellt. Er war gezwungen gewesen, viel zu schnell erwachsen zu werden, und war Vater und Mutter seiner Schwestern geworden. Nun war er bereit, Vater seines eigenen Kindes zu werden, und sie wollte keine Last sein, aber die Wahrheit war, dass sie nicht allein leben konnte. So etwas gab es nicht. Die Gesellschaft stieß Frauen in vergoldete Käfige, und sie hatten keine wirkliche Unabhängigkeit.

»Früher warst du begeistert vom Gedanken an Bälle

und Verehrer. Ich habe versprochen, aufzuhören, die Gentlemen herauszufordern, die dich besuchen kamen. Was hat sich geändert?« Cedric durchschaute sie wie üblich. Aber sie wollte seine frohe Botschaft nicht ruinieren, indem sie ihm ihre eigenen Sorgen und Ängste aufzwang.

Sie malte ein strahlendes Lächeln auf ihre Lippen. »Nein, mir geht es gut.«

»Aber ...«

»Ich war in letzter Zeit so melancholisch, weil die Kleidermode, die ich doch so mag, sich geändert hat. Es kann das Glück einer Lady ruinieren, ihre Garderobe wechseln zu müssen, weil plötzlich die Taille höher getragen wird und die Röcke voller werden.« Sie kicherte, obwohl das Geräusch in ihren Ohren falsch klang.

»Ähm ... richtig.« Cedric zögerte, seine brüderlichen Instinkte warnten ihn, dass etwas nicht stimmte. Sie konnte den Verdacht in seinen Augen sehen, hoffte aber, dass er sie nicht weiter unter Druck setzen würde.

Als es an die Tür des Arbeitszimmers klopfte, drehten sie sich alle zu dem Lakaien um, der dort stand.

»Mylord, Ihre Nachmittagsgäste sind angekommen«, sagte der Junge.

Cedrics Sorgen schienen sich in Luft aufzulösen, als er sich Anne zuwandte. »Bist du bereit, die guten Nachrichten mit der Liga zu teilen?«

Anne nickte, und Röte stahl sich auf ihre Wangen. »Ich kann es kaum erwarten. Drei Babys so kurz hintereinander. Es wird wunderbar sein.« Zwei weitere aus der Liga erwarteten Kinder - darunter Horatia und ihr Ehemann Lucien.

»In der Tat«, stimmte Cedric zu. Audrey trat zurück, damit die beiden an ihr vorbei in den Flur treten konnten. Ihr Herz schlug schnell. Sie wusste, wer da sein könnte.

Jonathan.

Sie wollte sich ihm nicht stellen, nicht nach dem letzten Mal, als sie miteinander allein gewesen waren. Er hatte sie vom Fives Court weggeschleppt, wo sie als Junge verkleidet hingegangen war, um Charles in einem Boxkampf zu beobachten. Sie war damals so zuversichtlich gewesen, dass ihre Verkleidung gut war, aber er hatte sie durchschaut. Er war wütend gewesen, dass sie an so einen Ort gegangen war, zumal auch noch als Mann verkleidet. Zuerst hatte sie sich nur über ihn geärgert, aber dann war sie rasend vor Wut gewesen, als er sie wie ein freches Kind an ihrem Arm weggezerrt hatte.

Er hatte sie in einer Kutsche direkt nach Hause gebracht und sie den ganzen Weg über belehrt. Sie hatte ihren Streit nicht vergessen. Sie hatte ihn angeschrien, dass sie kein Kind sei, und er hatte ihr gesagt: *»Ich werde das erst dann glauben, wenn du anfängst, dich wie die feine Lady zu benehmen, die du sein solltest.«*

Feine Dame. Jonathan wusste nichts von schönen Damen. Er war schließlich als Diener erzogen worden. Bei dem Gedanken zuckte sie zusammen - nicht, weil er einmal ein Diener gewesen war. Sie war kein Snob, aber sie wusste, dass er in dieser Angelegenheit sensibel war. Er hatte erst einige Monate zuvor erfahren, dass er der rechtmäßige Sohn des verstorbenen Herzogs von Essex und der Halbbruder des jetzigen Herzogs war.

Als Jonathan im vergangenen Herbst dem *Ton* präsentiert worden war, hatte er sich mit einer Wand aus Skandalen und Misstrauen konfrontiert gesehen. Der Sohn der Zofe der verstorbenen Herzogin, aus einer geheimen Ehe geboren und in Sichtweite versteckt als Diener seines eigenen Halbbruders ...

Nichts davon war ihr wichtig, natürlich. Sie liebte einen guten Skandal. Es war schließlich ihre Stärke als Lady Society.

Der Eingangsbereich explodierte vor Lärm, als die gesamte Liga durch die Haustür hereinströmte. Audrey blieb zurück und lehnte sich an den Türpfosten von Cedrics Arbeitszimmer, von wo aus sie zuerst Horatia und ihren Mann Lucien, den Marquess of Rochester, sah. Godric, der Herzog von Essex, und seine Frau Emily folgten, gefolgt von Ashton, Baron Lennox und seiner Frau Rosalind. Charles, der Graf von Lonsdale, war abwesend, sehr zu Audreys Besorgnis.

Sie machte sich Sorgen um Charles. Jedes Mal, wenn einer aus der Liga der Schurken heiratete, wurde er verschlossener. Sein Bedürfnis nach Abgeschiedenheit war unnatürlich, doch sie verstand, was er fühlen könnte. Es lag etwas Trauriges darin, Familie und Freunde heiraten zu sehen und allein zurückzubleiben. Sie schlossen sie nicht absichtlich aus, aber sie fühlte sich trotzdem allein. Charles musste ähnliche Gefühle erleben. Das ergab Sinn.

»Audrey!« Horatia suchte sie, wie immer, sofort auf. Das hübsche rosafarbene Kleid, das sie trug, war an der Taille gut ausgefüllt und zeigte die Wölbung ihres ungeborenen Kindes. Horatia umarmte sie fest, ihre braunen Augen forschten in Audreys.

»Du siehst unwohl aus. Warum gehen wir nicht irgendwohin und reden?«, schlug Horatia vor.

»Nein, mir geht es gut, ganz gut, das versichere ich dir.« Sie lächelte und legte ihre Handfläche auf Horatias Bauch. »Wie geht es meiner zukünftigen Nichte oder meinem Neffen heute?«

Ihre Schwester strahlte. »Er ist sehr lebhaft Er tritt wie ein Teufel.«

»Er?« Audrey hielt sich an diesem Wort fest.

Horatia lachte. »Ich habe Träume von dem Baby, und es ist immer ein *er*. Lucien schwört, dass es ein Mädchen ist, wegen der Probleme, die sie macht, wenn das Baby mich nachts tritt und aufweckt.«

»Ich stimme dir zu, es klingt mehr nach einem Jungen, weil er Ärger macht.« Audrey lächelte und fühlte sich besser, als sie sich Horatia und Luciens Kind und den Unfug vorstellte, in den der kleine Junge oder das kleine Mädchen geraten könnte.

Bevor sie weiter sprechen konnte, war die gesamte Liga weiter in den Salon für Tee gezogen. Audrey beobachtete sie, aber machte keine Anstalten, ihnen zu folgen.

Stattdessen klammerte sie sich an ihr Täschchen und ging zur Haustür. Sie griff gerade nach der Klinke, als sich die Tür öffnete. Sie stolperte zurück, blinzelte gegen das helle Licht, das durch die Tür hereindrang, und erkannte die Silhouette einer hochgewachsenen Gestalt im Türrahmen.

»Oh ... Miss Sheridan«, Jonathans Stimme war so sanft und reich wie Honig in ihren Ohren.

Verflucht! Sie hatte gehofft, entkommen zu können, bevor er ankam.

»Mr. St. Laurent.« Sie fing sich schnell und trat zurück, so dass er eintreten konnte. Als er aus dem hellen Licht heraus war und sie ihn besser sehen konnte, sah sie, dass er eine Hose aus Wildleder trug, die sich an seine schlanken, muskulösen Beine schmiegte, und eine kastanienbraune Weste, die wie sein sandiges braunes Haar glänzte. Seine grünen Augen glänzten immer teuflisch, als wüsste er Geheimnisse, für die sie alles geben würde.

»Verzeihung, ich wollte gerade ...«

»Fliehen?«, schlug er vor und hob dabei eine Braue aus dunklem Gold.

Wollte er ihr etwa vorwerfen, wegzulaufen? Sie fluchte innerlich. Er hatte recht, sie *floh* vor ihm, aber sie glaubte nicht, dass er sie so leicht lesen konnte.

»Ich war nicht auf der Flucht«, antwortete sie von oben herab. »Ich habe Dinge zu tun und kann nicht mit jedem Tee trinken.« Sie wollte um ihn herumgehen, aber er fing ihren Arm und hielt sie fest.

»Vergessen Sie nicht etwas?«, fragte er, seine Stimme

immer noch weich und heiser, ein Klang, der eher zu verliebtem Flüstern in einer Schlafkammer gepasst hätte. Die Luft zwischen ihnen war dick vor unausgesprochenen Worten und einer Spannung, die Schauer durch sie sandte, als diese verbotene Sehnsucht in ihr aufstieg.

Sie warf einen Blick an sich herab, dann um sich herum. »Nein ...«

Er verdrehte die Augen. »Eine Anstandsdame. Sie brauchen eine. Wo ist Gillian?« Sein Griff an ihrem Arm wurde fester, und ihr Körper summte von einem Verlangen, das sie geschworen hatte zu ignorieren, egal wie sehr sie ihm nachgeben wollte. Wut flammte in ihr auf bei seinen Worten. Wieder einmal züchtigte er sie wie ein Kind, während er ihr ein wildes und heißes Gefühl gab ...

Sie verengte ihren Blick auf ihn. »Eine Anstandsdame? Ich brauche so jemanden auf gar keinen Fall, und Gillian erledigt Besorgungen für mich. Jetzt guten Tag.« Sie zog ihren Arm frei und stakste ziemlich undamenhaft die Treppe hinunter zur Straße, wo sie darauf wartete, von der bestellten Mietkutsche abgeholt zu werden.

Verdammter Schurke! Ich sollte nicht jeden Moment beobachtet werden müssen.

Sie schaute nicht zurück, auch nicht, als der gemietete Wagen vor ihr anhielt und sie dem Fahrer ihr Ziel mitteilte, als sie hineinkletterte.

Dummer, abscheulicher Mann!

Audrey starrte aus dem Fenster und versuchte, sich auf die Lektionen zu konzentrieren, die sie im Begriff war zu bekommen. Ihre Mentorin war Evangeline Mirabeau, die ehemalige Geliebte von Jonathans Halbbruder Godric. Diese Informationen waren überraschend leicht zu erhalten gewesen: Die Mätresse eines Herzogs neigte schließlich dazu, einen Ruf zu haben. Was Audrey am meisten interessiert hatte, war nicht Evangelines Beziehung zu Godric, sondern wie sie nach England gekommen war, um sich selbst einen Namen zu machen.

Die meisten Damen würden sogar nur unter allergrößter Empörung überhaupt den Namen einer Kurtisane aussprechen, aber Audrey war nicht wie die meisten Damen. Evangeline war Französin und wusste viel über die Probleme auf dem Kontinent. Sie war zur Flucht gezwungen worden, als ihre adlige Familie ermordet worden war. Sie hatte sich bis nach England durchgekämpft, nur um Kurtisane zu werden, um zu überleben. Anstatt sie zu verurteilen, respektierte Audrey sie für ihre Stärke.

Als die Kutsche vor dem Mitternachtsgarten anhielt, zitterte Audrey. Sie war noch nie in einem Haus mit schlechtem Ruf gewesen, aber das war der beste Ort, um Evangeline kennenzulernen. Die Schutzherren des Gartens würden ihre Identität geheim halten, genauso wie sie selbst die Namen, derer geheimzuhalten verpflichtet war, die sie hier treffen würde. Es würde ohnehin niemand zugeben, anwesend gewesen zu sein. Man könnte es gegenseitig gesicherte Diskretion nennen.

Der Fahrer hielt an der Einfahrt zu den Stallungen

direkt zwischen dem Mitternachtsgarten und dem nächsten Stadthaus. Sie verließ den Wagen und bezahlte den Mann dafür, in zwei Stunden zurückzukehren. Audrey nahm ihre Schultern zurück und eilte den schmalen Gang hinunter zu einer Tür, die nach nur einem Klopfen von einem Mann geöffnet wurde. Der Diener war ein gutaussehender Mann mit einem bereitwilligen Lächeln, das Audreys Herz höher schlagen ließ. Sie war zuvor von Evangeline über die Diener des Gartens gewarnt worden und wie verführerisch sie sein konnten.

»Willkommen, Mylady«, schnurrte der Mann. »Haben Sie bereits Ihr Vergnügen für heute Nachmittag gewählt, oder kann ich meine Dienste anbieten?« Der Mann bedeutete ihr, ihm in ein Wohnzimmer am Ende des Flurs zu folgen. Alles in dem Raum, den sie betraten, war rot. Sie errötete, als sie sich daran erinnerte, dass ihre Schwester sich einmal hierher geschlichen hatte, um Lucien zu treffen. Dieser besondere Schurke vergötterte die Farbe Rot. War dies der Ort, an dem er seine Liebe zur Farbe gefunden hatte?

»Ich habe einen Termin mit Miss Mirabeau.« Audreys Körper reagierte, als der Mann sich zu ihre auf der Couch herablehnte und mit seinen Fingerknöcheln über ihre Wange streichelte.

»Eine Frau? Ich bin sehr enttäuscht. Es ist ewig her, dass ich einen jungen, hübschen Pfirsich wie dich gekostet habe.«

»Ich fürchte, du musst noch eine Weile länger warten.«

Ein dunkles Knurren kam von der Tür hinter dem gutaussehenden Diener.

Audrey keuchte auf, als sie sich zur Seite bewegte, um an dem Diener vorbei den Mann zu sehen, der gesprochen hatte. Es war so, wie sie es befürchtet hatte.

Sie war verfolgt worden.

KAPITEL 6

Jonathan St. Laurent ging die Stufen hinauf zum Sheridan Stadthaus, sein Herz raste. *Sie* war drinnen. Dieser kleine Wildfang, der bei ihm in letzter Zeit zu viele Fantasien angeheizt hatte. Ihre dunkelbraunen Augen, wie sie in seine blickten, die herrlichen Locken rötlichbraunen Haars, die sich auf seinem Kissen ausbreiteten, ihre Lippen, die sich teilten, wenn sie keuchte und seinen Namen stöhnte. Sie war eine Frau voller Leidenschaft - und sie erschreckte ihn zu Tode. Sie war die einzige Frau, der er je begegnet war, die genau zu wissen schien, wer sie war und was sie vom Leben wollte. Sie würde nie einen Mann wie ihn wollen, nicht wirklich. Ihr Interesse an ihm war nur ein Spiel für sie.

Und ich bin der Narr, der sie heiraten will, wenn sie mich nehmen würde.

Er hielt an der geschlossenen Tür inne und zögerte.

Schweiß sammelte sich in seinen Handflächen, als er sich gegen einen Panikanfall wehrte. Er zog an seinen Reithandschuhen und versuchte, sich auf das Eintreten vorzubereiten. Jonathan starrte unentschlossen auf den eisernen Türklopfer in Form eines Löwenkopfes.

Letztes Weihnachten hatte er alles durcheinander gebracht, aber um fair zu sein, sie hatte ihn überrascht. Lucien hatte sich mit Horatia gestritten, und er hatte Jonathan ermutigt, Audrey festzuhalten und sie in ihr Zimmer zu bringen.

Es war überhaupt nicht gut gelaufen.

Er hatte die Kontrolle verloren und die Frau in seinen Armen aus dem Zimmer getragen. Sie hatte ihn mit einem zusammengerollten Modemagazin kräftig geschlagen und wie ein Fisch gezappelt. Als er endlich mit ihr im Obergeschoss angekommen war, hatten sich Temperament und Leidenschaft so sehr ineinander verkeilt, dass er sie nicht genug trennen konnte, um seinen Kopf frei zu bekommen. Er hatte sie auf das Bett geworfen, und sie hatte ihn auf sich heruntergezogen.

Dieser erste Kuss, Lord, sie hatte so süß geschmeckt. Ihr Mund war so weich wie Blütenblätter und so heiß wie Feuer. Er hatte die Selbstbeherrschung verloren. Sie war eine Frau, die ein Mann tagelang küssen konnte und nie aufhören wollte. Er hätte es fast nicht getan. Jonathan hatte seinen Wünschen nachgegeben, sie auf ihrem Bett festgenagelt und ihren Mund so beansprucht, wie er es sich monatelang erträumt hatte.

Und dann hatte sie etwas getan, zu dem keine adelig geborene junge Lady in der Lage sein sollte. Sie hatte *ihn gestreichelt*. Ihre Berührung an seinem Schwanz, sogar durch seine Hose, hatte ihn beinahe umgebracht. Er hatte sich von ihr heruntergerollt und war aus dem Zimmer geflohen. Wenn er geblieben wäre, hätte er sie genommen, weil er kaum oder gar nicht mehr in der Lage gewesen wäre, sich zurückzuhalten.

Ich bin seit jenem Tag nur noch am Davonrennen.

Er wollte sie so sehr, dass es weh tat, aber sie war zu gut für ihn. Obwohl ihr Bruder und der Rest der Liga der Verbindung zustimmten, fühlte sich Jonathan immer noch unwürdig. Er war als Diener erzogen worden, bis er vierundzwanzig Jahre alt gewesen war. Und dann war seine gut organisierte Welt auf den Kopf gestellt worden, als er erfuhr, dass er nicht nur Godrics Halbbruder war, sondern ein *legitimer* Sohn ihres gemeinsamen Vaters.

Die Wahrheit seiner Geburt, obwohl bekannt, wurde immer noch nur im Flüsterton ausgesprochen. Audrey verdiente es nicht, dass eine so dunkle Wolke über ihrem gesellschaftlichen Status schwebte, und er wusste, wie wichtig ihr die Bälle und Partys waren. Sie war eine Frau, die das Leben genoss, eine Frau, die gerne lachte, lächelte und tanzte. Bis London aufhörte, über ihn zu flüstern, konnte er kein Risiko eingehen, indem er sie bat, ihn zu heiraten, egal wie sehr er es wünschte.

Nachdem er den Klopfer lange genug angestarrt hatte, entschied er sich, ihn nicht zu benutzen, und betrat einfach das Stadthaus, in der Erwartung, die Liga im Salon zu finden. Stattdessen kollidierte er mit der Frau, die ihn im Wachsein und Schlafen beschäftigte.

»Oh ... Miss Sheridan«, schaffte er zu sagen, erschrocken von ihrer Lieblichkeit. Sie blinzelte ihn an und kniff die Augen zusammen, aber es war ihm egal. Sie sah so hübsch aus wie eine Frau, die für einen Ball gekleidet war. Verdammt, sie hatte sogar hübsch ausgesehen, als sie im Fives Court als Junge verkleidet aufgetaucht war und Flüche schrie, wie jeder Mann bei einem Boxkampf.

Himmel, für ihn war sie einfach eine faszinierende Kreatur.

»Mr. St. Laurent«, antwortete sie, ihre Stimme frostig. Das war sicherlich seine Schuld. Das letzte Mal, als sie allein miteinander gewesen waren, hatte er sie vom Fives Court weggeschleppt und sie über die Gefahren belehrt. Sie hatte keine Ahnung, wie prekär ihre Lage gewesen war. Fives Court zog nicht nur Gentlemen an, sondern auch den Abschaum der Gesellschaft, Männer, die sich nicht zurückgehalten hätten, sobald sie feststellten, dass sie eine Frau war. Als er bemerkt hatte, dass sie es war und nicht einer der Jungen, die Charles anbeteten, wenn er boxte, war Jonathans Herz fast aus seiner Brust gesprungen. Sein einziger Gedanke war gewesen, sie in Sicherheit zu bringen. Und dieser kleine Wildfang warf ihm das seither vor.

Audrey versuchte, ihn zu umgehen. »Verzeihung, ich wollte gerade ...«

»Fliehen?« Er zog eine Augenbraue hoch. Sie

rannte weg, etwas, das sie normalerweise nicht tat. Ihr Gesicht war blass und ihre Augen ein wenig rot. Hatte sie geweint? Er tat das Einzige, was er tun konnte. Er forderte sie auf, zu bleiben und mit ihm zu streiten.

»Ich war *nicht* auf der Flucht«, schnappte sie und hob trotzig ihr Kinn. »Ich habe Dinge zu tun. Ich kann nicht mit jedem Tee trinken.«

Jonathan griff nach ihrem Arm und hielt sie fest. Er spürte die Hitze ihrer Haut gegen seine, die sein Blut in Flammen setzte. Der Drang, sie zu ihm herumzuschwingen und sie zu küssen, war fast überwältigend. Das Einzige, was ihn davon abhielt, war das Wissen, dass ihr Bruder nur eine Tür entfernt war. Und obwohl Cedric der Verbindung zustimmte, würde er es nicht gutheißen, wenn seine Schwester in aller Öffentlichkeit wie eine gewöhnliche Frau geküsst würde. Dafür würde er umgehend erschossen werden, selbst wenn der Kuss es wert wäre, dafür zu sterben.

Er versuchte, den Gedanken an Küsse mit ihr zu begraben, und konzentrierte sich auf die Tatsache, dass sie das Haus allein verließ.

»Vergessen Sie du nicht etwas?«

Der Blick der Verwirrung, als sie sich umschaute, hätte ihn bei jeder anderen Gelegenheit zum Lachen gebracht. Sie war so entschlossen, dass sie nicht einmal an Anstandsdamen dachte. Hartnäckige Kreatur ... liebenswert hartnäckig.

»Nein.« Sie funkelte ihn an, und er verdrehte die Augen.

»Eine Anstandsdame. Sie brauchen eine Begleitperson. Wo ist Gillian?« Er durchsuchte den Flur nach Audreys Dienstmädchen. Als ehemaliger Diener hielt er sie nie für selbstverständlich. Audreys Dienstmädchen war normalerweise ziemlich gut darin, ihre Herrin aus Schwierigkeiten herauszuhalten. Gillian war normalerweise Audreys Schatten. Die beiden waren selten getrennt, aber es gab jetzt keine Spur von der stillen Zofe.

»Eine Anstandsdame? Ich brauche so jemanden auf gar keinen Fall, und Gillian erledigt Besorgungen für mich. Jetzt guten Tag.« Sie riss ihren Arm mit überraschender Kraft aus seinem. Er wollte sie aufhalten, sie rufen und sie anflehen zu bleiben, aber er stand wie festgefroren auf der obersten Stufe und sah zu, wie sie zu einer Mietkutsche eilte. Wo zum Teufel wollte sie hin?

»Sir, möchten Sie mit den anderen Tee trinken?«, fragte der Diener, Sean Hartley. Jonathan drehte sich zu ihm um.

»Ähm ... nein. Weißt du, wo Miss Sheridan hingegangen ist?«

Sean schüttelte den Kopf. »Ich wünschte, ich wüsste es. Sie erwähnte dem Personal gegenüber nicht, dass sie gehen würde.«

»Höllenfeuer und Verdammnis!«, fluchte Jonathan. »Sean, hol mein Pferd.« Er rannte zurück zu den Stufen und behielt Audreys Kutsche im Auge, die die Straße hinunter klapperte. Eine Minute später kehrte ein Stallknecht mit seinem Pferd zurück, das noch nicht abgesattelt worden war. Jonathan nickte dem Burschen nur knapp zu, bevor er sich in den Sattel schwang und seine Fersen in die Flanken des Pferdes grub. Er drängte das Tier zum Galopp, um Audreys Kutsche einzuholen, aber nicht zu nah. Er konnte sie nicht wissen lassen, dass er ihr folgte, zumindest nicht, bis er herausfand, was sie vorhatte.

Ihre Kutsche hielt vor einer Einrichtung, die er nur zu gut kannte. Der Mitternachtsgarten. Es war ein hochwertiges Bordell, aber immer noch ein verdammtes Bordell und kein Ort für jungfräuliche, adelig geborene Damen wie Audrey. Jonathan zügelte sein Pferd und verlangsamte sich so, dass er weit weg hinter der Mietkutsche zurückblieb. Sollte sie sich entscheiden, sich umzusehen, wollte er nicht, dass sie ihn bemerkte.

»Was zum Teufel hast du vor?«, murmelte er, als er abstieg und mit seinem Pferd zum Eingang des Gartens ging. Er konnte sehen, wie Audrey in einer Tür an der Seite des Gebäudes verschwand. Ein Diener kam die Stufen herunter, um sein Pferd zu nehmen, und Jonathan übergab ihm die Stute.

»Wohin führt diese Tür?«, fragte er den Mann und zeigte auf den Seiteneingang.

»Privatzimmer für Herren oder Damen, die Termine gemacht haben und nicht gesehen werden wollen.«

Jonathan schnaufte. Also dachte Audrey, sie könnte in ein Haus des Vergnügens gehen, um ihre Wünsche zu befriedigen? Nur über seine Leiche. Er hatte im gleichen

Moment, als er sie zu Weihnachten geküsst hatte, gewusst, dass sie keine welkende Blume oder zitternde Jungfrau war, die Leidenschaft fürchtete. Sie war eine mutwillige, wilde Kreatur, die sich genauso nach körperlicher Liebe sehnte wie er, aber wenn sie jemanden wollte, mit dem sie Sex hatte, wäre es nicht irgendein Mann in einer Vergnügungshöhle. Audrey verdiente es, von einem Gentleman zu lernen, oder zumindest von jemandem, der im Moment sein Bestes gab, um einer zu sein.

Er schlenderte die Gasse hinunter und ignorierte den Ruf des Dieners, stehenzubleiben. Wenn der Mann hinter ihm her käme, würde er den Kerl mit einem guten Schlag flachlegen.

Als er die Tür erreichte, fand er sie unverschlossen. Er polterte hinein, ohne zu wissen, was ihn dort erwartet, und war überrascht, einen mit Seidentapeten bespannten Korridor mit vergoldeten Lampen zu finden, der dem Rest des Hauses ähnelte. Es gab Türen an beiden Seiten, die wahrscheinlich unterhaltsame Räume enthielten. Die meisten der Schlafzimmer waren oben.

»Mylord?«, fragte eine Frau, als sie eine Kammer neben ihm verließ. Ihre teilweise freiliegende Brust und ihr bemaltes Gesicht sollten ihr Aussehen verbessern, was jedoch nicht gelang.

»Ich suche nach einer Frau, so hoch.« Er hielt seine Hand bis zur Brust, um der anderen Frau zu verdeutlichen, wie klein Audrey war. »Sie trägt ein blaues Cambric-Kleid und hat dunkle Haare und dunkle Augen.«

»Sie ist bei Rufus, hinter der ersten Tür links«, flüsterte die Frau. Er ignorierte ihre offene Einladung.

Er stampfte an ihr vorbei. »Danke.« Als er die Tür erreichte, war sie teilweise offen. Die Stimmen waren nur ein leises Murmeln, aber er wusste, wenn er die Tür öffnete, würde er sie besser hören. Jonathan wappnete sich für einen Kampf, als er mit seinem Stiefel so fest gegen die Tür stieß, dass sie aufklappte. Er sah einen großen Mann, der sich über eine Couch beugte, und Audreys Füße in den zierlichen Pantoffeln waren zwischen den abgetrennten Oberschenkeln des Mannes sichtbar. Der Mann hatte sie auf der Couch in die Enge getrieben. Seine Worte erfüllten Jonathan mit einer blendenden Wut.

»Es ist ewig her, dass ich einen jungen, hübschen Pfirsich wie dich gekostet habe.«

Jonathan ballte seine Hände zu Fäusten und ging einen Schritt in den Raum.

»Ich fürchte, du musst noch eine Weile warten.«

Der Mann, Rufus, drehte sich herum, seine Augen weiteten sich. »Mylord?« Er trat zur Seite, um Audrey nicht für Jonathan unsichtbar zu machen. *Intelligenter Mann.* Wenn Rufus versucht hätte, zwischen ihm und Audrey zu bleiben, hätte Jonathan ihn mit einem guten Schlag niedergestreckt.

»Die Lady benötigt deine Dienste nicht«, informierte Jonathan ihn. »Also verschwinde verdammt nochmal aus diesem Raum, bevor ich dich rauswerfe.«

Rufus warf einen letzten Blick auf Audrey, bevor er sich davonmachte.

»Mr. St. Laurent!« Audrey sprang von der Couch auf, ein honigfarbenes Feuer blitzte in ihren Augen auf, als sie sich ihm gegenüber aufbaute. »Wie *können Sie es wagen,* mir zu folgen. Wie können Sie es wagen, mein privates Engagement zu unterbrechen!«

»Privates Engagement? Sie werden hier keine *Dienste* benötigen. Haben Sie das verstanden?«

Audrey hob ihr Täschchen in die Höhe und schlug ihm damit fest auf die Schulter.

»Autsch!« Er zuckte zusammen. Was hatte sie in der verdammten glitzernden kleinen Tasche versteckt?

»Gehen Sie mir aus dem Weg! Ich werde die Madame finden und Sie rauswerfen lassen.« Sie wollte an ihm vorbeimarschieren, wie ein kühner Armeegeneral, aber er fing sie an der Taille. Bevor sie ihn aufhalten konnte, warf er sie sich über die Schulter und verließ den Raum. Wenn sie Lektionen in Verführung wollte, würde sie die von ihm und niemand anderem bekommen.

KAPITEL 7

Audreys Atem brach aus ihren Lungen, als Jonathan die mittlere Treppe hinauf zu den anderen Räumen im Mitternachtsgarten stieg. Er blieb nur einmal stehen, um ein Schlafgemach zu fordern, während Audrey kreischte, bis er ihr mit einer Hand auf den Hintern schlug. Der Schlag hatte nicht wehgetan, aber die Botschaft war klar - sie hatte nicht mehr das Sagen. Normalerweise würde ein Kontrollverlust sie erschrecken, aber mit Jonathan erhitzte es ihr Blut. Es gab ihr ein Gefühl der Ohnmacht.

Wahrscheinlich, weil du kopfüber über seiner Schulter hängst, du Närrin. Sie weigerte sich, sich von ihrem Körper verraten zu lassen, nicht, nachdem sie sich gerade erst geschworen hatte, Jonathan nicht mehr attraktiv zu finden.

Er öffnete die Tür zum Schlafzimmer und schob das

Schloss mit einer erschreckenden Endgültigkeit an seinen Platz, bevor er sie auf das Bett legte. Audreys Atem wurde leichter. Sie würde sich davon erholen, wie ein Sack Kartoffeln herumgetragen zu werden. Ihr kunstvoll aufgestecktes Haar hatte sich zu lösen begonnen, und sie zog ein paar Nadeln aus ihren zerzausten Locken und warf sie frustriert zu Boden.

»Warum haben Sie mich nicht einfach nach Hause gebracht?«, verlangte sie zu wissen und weigerte sich, ihn anzusehen, und stattdessen ihr Spiegelbild in dem großen Wandspiegel auf der anderen Seite des Raumes betrachtete. Ihr Haar war nicht zu retten.

Jonathan lachte hart. »Sagen Sie mir zuerst *genau*, warum Sie hier sind. Haben Sie auch nur die geringste Ahnung, wie wütend Ihr Bruder wäre, wenn er Sie in einem Bordell finden würde?«

Sie zuckte mit den Schultern. »Er hat jetzt viel mehr im Kopf als mich. Er und Anne erwarten ein Kind. Er hat keine Zeit mehr, sich um mich zu sorgen, und Sie sollten das auch nicht tun. Niemand hat Sie zu meinem Vormund ernannt, also hören Sie bitte auf, die Rolle zu spielen. Er mag Sie bereits, das tun sie alle, also brauchen Sie mich nicht zu beschützen, um in sich seine Gunst zu erschleichen.« Sie rutschte vom Bett und näherte sich dem Spiegel.

Ihr Körper wurde ganz heiß, als er hinter sie trat. Er war so groß im Vergleich zu ihr. Als sie seinen Blick im Spiegel traf, sah sie das berüchtigte St. Laurent-Temperament in den Tiefen seiner Augen lauern. Es war nicht die Art von Temperament, die einen um seine Sicherheit fürchten ließ. Wenn er wütend war, verhielt er sich wie sein älterer Bruder und vertrieb seine Wut durch sinnliche Überlegenheit. Zum Beispiel, sie zu küssen, um ihre Proteste zum Schweigen zu bringen. Audrey fürchtete das wirklich - nicht, weil sie nicht wollte, dass er sie so dominierte, sondern weil sie es viel zu sehr mögen würde, und es würde ihr ihren gesunden Menschenverstand rauben.

»Audrey.« Die Rauheit seiner sonst meist seidigen Stimme ließ sie zittern. Sie hob trotzig ihr Kinn.

»Bringen Sie mich nach Hause. Es ist mir egal.« Aber das war es eben nicht. Vielleicht hatte er sowieso schon ihre Pläne, sich mit Evangeline zu treffen, ruiniert.

»Es ist Ihnen nicht egal«, sagte Jonathan, und seine Stimme wurde weicher. »Sie haben Hunger und Verlangen wie ein Mann, und es muss sehr frustrierend sein, niemanden zu haben, von dem Sie es lernen können.« Seine grünen Augen durchbohrten sie und sahen direkt bis auf ihre Tapferkeit. Wie konnte er wissen, dass es genau das war, was sie fühlte? Gefangen von ihren eigenen Wünschen, ohne die Möglichkeit zu lernen, sich zu amüsieren, wegen der Einschränkungen, die die Gesellschaft Frauen auferlegte, wo es um Leidenschaft ging? Ihr zukünftiger Mann hätte es ihr gezeigt, aber sie konnte nicht einfach irgendwen heiraten. Sie wollte eine Verbindung aus Liebe und hatte gehofft, dass *dieser Mann* sie wollen würde. Aber er tat es nicht.

»Kein anderer Mann wird es Sie lehren.« Die heftige Entschlossenheit in seinen Augen ließ sie frustriert aufschreien.

»Nur weil Sie mich nicht wollen, heißt das nicht, dass Sie mich einfach in einen Turm sperren können, um als alte Jungfer zu sterben!« Sie begann sich umzudrehen, mit der Absicht, ihn zu schlagen, aber er bewegte sich plötzlich. Er schob einen Arm um ihre Taille, hielt sie gefangen und drückte ihren Rücken gegen seine Brust. Seine andere Hand ergriff ihre Kehle, nicht heftig, aber der besitzergreifende Halt sandte einen wütenden Schauer dunkler Sehnsucht durch sie. Seine Handfläche rieb sanft über ihren Hals, als er seine Lippen an ihre Ohrmuschel drückte.

»Ich habe nie gesagt, dass ich dich nicht will. Ich will dich zu sehr ... genau das ist das Problem. Dieser Diener hatte recht. Du bist süß wie ein Pfirsich, und ich habe von tausend Wegen geträumt, wie ich dich nehmen würde.« Das teuflische Flüstern in ihrem Ohr sorgte dafür, dass ihr Blut so heftig durch ihre Adern klopfte, dass es sich wie ein stumpfes Brüllen anfühlte.

»Du ... willst mich?« Sicherlich, er hatte sie gehänselt und mit ihr bis zu einem grausamen Ende gespielt. Wenn er sie wirklich wollen würde, hätte er sie nicht verlassen oder ihr widerstanden, als sie versucht hatte, ihm zu zeigen, was sie wollte.

»So schlimm, dass es schmerzt. Weißt du wie es sich anfühlt?«, knurrte Jonathan. Seine Hand an ihrer Taille rutschte über ihre Röcke entlang ihres Oberschenkels. Er begann, ihr Kleid hochzuziehen. Audrey keuchte auf, als seine Handfläche ihr bestrumpftes Knie berührte.

»Wie fühlt es sich an?« Ihre Frage entkam ihren Lippen in einem abgehackten Flüstern.

Jonathan knabberte an ihrem Ohrläppchen. Winzige Funken schossen in ihren Unterleib. Eine schwere Hitze erfüllte sie tief im Inneren, und ein Pulsieren begann zwischen ihren Oberschenkeln.

»Es fühlt sich an, als würde ich sterben, wenn ich dich nicht kosten darf, wenn ich dich nicht auf dem festhalten und verschlingen darf. Jeder Muskel in meinem Körper ist starr vor *Gier*.« Er drückte seine Hüften gegen ihre, und sie spürte, wie sich die Ausbuchtung seiner Erregung in ihren Rücken grub. Das Pulsieren in ihrem Inneren wurde härter, und sie keuchte leise. Seine Hand unter ihren Röcken hatte die Mitte ihrer Oberschenkel erreicht, und er zeichnete nun kleine Muster auf die nackte Haut ihres Beins. Audrey konnte nicht sprechen - sie war fasziniert von seinen Worten und davon, wie er sie fühlen ließ.

»Ich habe mich oft gefragt, ob du eine Art Hexe bist, die mich verzaubert hat. Ich kann nachts nicht schlafen, ohne mir vorzustellen, dass ich dich immer wieder nehme.« Seine dunkelgoldenen Wimpern senkten sich, als er mit der Zunge ihr Ohr liebkoste. Audrey wimmerte über den Ausbruch neuer Empfindungen, die durch das freche kleine Lecken seiner Zunge hervorgerufen wurden. Sie konnte sich nicht davon abhalten, ihre Hüften zu heben und sich an ihm zu reiben. Es war eine völlig mutwillige Sache, aber es war ihr egal. Sie wollte, dass er ihr die Leidenschaft schenkte, die seine Hände und sein Mund versprachen.

»Bitte, Jonathan, hör auf, mich zu foltern!«, bettelte sie.

Sein kratziges Lachen gab ihr köstlichen Schüttelfrost. »Dich zu foltern? Oh, mein Schatz. Ich habe noch nicht einmal angefangen.« Seine Hand zwischen ihren Beinen bewegte sich langsam nach oben, absichtlich neckend, bis er ihre schmerzende Mitte erreichte. Als er ihren Schamhügel umfasste, wölbte sie ihren Rücken, als eine Flut von Empfindungen durch sie explodierte. Ihr wurde schwindelig, und ihre Beine zitterten, als er mit ihr spielte. Es gab kein anderes Wort als *Spielen*, um die federleichten Berührungen an ihrer Knospe und die kleinen Striche entlang ihrer inneren Falten zu beschreiben, die feucht und glatt für ihn waren.

»Schon nass für mich.« Er schnurrte die Worte in einem leisen Rumpeln, das sie von seiner Brust zu ihrem Rücken vibrieren fühlte.

Sie konnte nicht an der Tatsache vorbei denken, dass Jonathan seine Finger in ihr hatte, den geheimsten Teil ihres Körpers streichelte und dann ...

Der Höhepunkt traf sie hart, so stark, dass sie schrie, aber er hielt sie fest, wie ein Hund mit einem Kätzchen in den Pfoten. Sie starrte auf ihr Spiegelbild und sah sein wolfsartiges Lächeln, als er einen Kuss auf ihre Wange drückte und sanfte Worte von Nichts in ihr Ohr murmelte. Ihr Herz raste, und ihr Körper zitterte heftig. Sie fühlte sich, als wäre sie fast gestorben, in jenem Moment, bevor sie von innen heraus zu explodieren schien.

»Ich ... glaube nicht, dass ich gehen kann«, flüsterte sie. Ihre Beine waren schwer wie Blei, und ihr Körper zitterte, als er langsam seine Hand zwischen ihren Beinen zurückzog und ihr Kleid wieder an Ort und Stelle fallen ließ.

»Halt durch, mein Liebling.« Er hob sie in seinen Armen hoch, und sie schmiegte sich an seine Brust, als er sie zum Bett trug. Er setzte sie nieder und schloss sich ihr an, lehnte sich gegen die Kissen, als sie sich an ihn kuschelte.

Audrey fühlte sich *roh* ... auf eine Weise exponiert, die keinen Sinn ergab. Sie fühlte sich selten schüchtern oder verletzlich, aber jetzt tat sie es.

Ich habe das nie wirklich durchdacht. Einen Schurken zu küssen, ist die eine Sache, aber Liebe zu machen ...

Es war zu viel, die Empfindungen zu erschreckend. Und sie hatte noch nicht einmal die ganze Tat vollbracht.

»Was ist denn los?« Jonathans grüne Augen verdunkelten sich vor Sorge.

»Ich sollte gehen«, keuchte sie und kroch aus dem Bett. Ihr Täschchen lag vergessen auf dem Boden. Sie schnappte es sich.

»Audrey, bleib hier und ruhe dich aus. Nach einer

solchen Erfahrung brauchst du ein paar Minuten, um dich zu erholen.«

Erholen? Sie hätte fast gelacht. Sie würde sich nie von dem erholen, was sie gerade getan haben.

»Nein, ich muss gehen. Ich versäume gerade den Tee ...«, murmelte sie und hasste es, wie dumm die Worte klangen. Sie versuchte, die Tür zu öffnen, konnte es aber nicht.

»Du verpasst keinen Tee.« Jonathan war hinter ihr, eine Hand gegen die Tür gedrückt, lehnte sich mit seinem ganzen Gewicht dagegen, um das Türblatt geschlossen zu halten.

»Bitte«, flüsterte sie. »*Bitte*.« Sie war sich nicht sicher, was sie fragte. Er legte eine Hand auf ihre Taille und zog sie sanft zurück gegen seine Brust, wo er sie festhielt. Die zarte Umarmung brachte sie zum Weinen, aber sie wusste nicht warum.

»Das war dein erstes Mal, nicht wahr?«, fragte er und drückte einen Kuss auf ihren Scheitel. Sie nickte stumm.

»Die Franzosen nennen es *den kleinen Tod*, weil es zuerst erschreckend, dann aber wunderbar sein kann.«

Er hatte recht. Es war erschreckend und dann wunderbar gewesen, aber das war nicht das, was sie fürchtete. Was sie fürchtete, waren die Nachwirkungen, die starke Sehnsucht, die in ihrem Herzen zu kleben schien, wenn sie daran dachte, dass er sie hielt, sie küsste und sie solche wunderbaren Dinge fühlen ließ. Hier, im Mitternachtsgarten, sah er ihre Anwesenheit zweifellos als eine offene Einladung, eine ohne Verpflichtung oder Konsequenz. Audrey wollte kein gebrochenes Herz. Sie weigerte sich, einen Mann die Kontrolle über ihre Gefühle haben zu lassen. Liebe schien ein so großes Abenteuer zu sein, aber jetzt wollte sie das Spiel nicht spielen und damit riskieren, im Gegenzug nicht geliebt zu werden.

»Komm mit mir wieder ins Bett.« Jonathan drückte seine Lippen auf ihren Nacken, und sie zitterte in seinem Griff.

»Horatia wird mich vermissen«, versuchte sie zu argumentieren.

»Dann lass sie.« Jonathan drehte sie in seinen Armen um und hob ihr Kinn, so dass ihr Blick seinem begegnete. Der sanfte Ausdruck drohte, sie mit seiner Süße zu töten. Er senkte seinen Kopf und küsste sie. Solch ein sanfter Kuss, sein Mund bewegte sich über ihren in einer Weise, die ihren Körper mit einer langsamen Hitzewelle füllte. Sie verstand schließlich, wie eine Frau in den Armen eines Mannes ohnmächtig werden konnte. Jonathan zu küssen, ließ sie schwindelig werden, als hätte sie zu viel Sherry getrunken. Als sich ihre Münder voneinander trennten, strich er mit der Fläche seines Daumens über ihre Wangen.

»Geht es dir besser?«

»Ja«, wisperte sie.

»Gut, denn ich muss mit dir sprechen. Über *uns*.« Seine grünen Augen waren wie Sommertäler, dunkler Smaragd und voller Geheimnisse.

Über uns sprechen? Es gibt kein uns. Er möchte nicht, dass es jemals ein uns gibt. Sie zog sich von ihm zurück. Alles, was er sagen wollte, würde sie vernichten.

»Nein. Was auch immer du sagen willst, lass es. Ich werde nicht zustimmen, und ich will es nicht hören.« Sie zog die Tür auf und floh in den Korridor.

»Audrey, warte!« Jonathan rief ihren Namen, aber sie blieb nicht stehen. Sie würde nie aufhören, vor dem Mann wegzulaufen, der ihr Herz brechen würde.

JONATHAN SCHLUCKTE DEN SAUREN GESCHMACK DER Enttäuschung, als er Audrey flüchten sah. Die Worte *»Willst du mich heiraten?«* verdorrten auf seinen Lippen und starben. Sie wollte ihn nicht mal anhören. Er hatte den Versuch aufgegeben, ihr zu widerstehen, und hatte beschlossen, das Risiko einzugehen und einen Antrag zu machen.

Aber jetzt wollte sie ihn nicht mehr. War das alles ein ausgeklügeltes Spiel von ihr gewesen? Einen ehemaligen Diener verführen und den Skandal riskieren? Als sie mit der tatsächlichen Heirat mit ihm konfrontiert war, lief sie weg, so schnell sie konnte.

Jonathan lehnte sich zurück an die Wand im Schlafgemach, seine Brust eng vor einem fast unerträglichen Schmerz. Er wollte keine andere Frau, *konnte* keine andere als die Frau haben, die ihn nicht wollte.

Er blickte in den Spiegel und wiederholte in Gedanken

jenen exquisiten und quälenden Moment, in dem Audrey in seinen Armen auseinandergebrochen war. Er hatte kein Vergnügen für sich daraus gewonnen, außer ihren Höhepunkt zu beobachten. Sie hatte ihre Augen geschlossen, die rußschwarzen Wimpern über ihren Wangen aufgefächert und die küssbaren Lippen geteilt, über die ihre rosa, kätzchenhafte Zunge leckte, während sie keuchte. Herr, sie hatte ihn in Versuchung geführt wie keine andere vor ihr.

»Nun, wenn das nicht Monsieur St. Laurent ist.« Ein kühles feminines Lachen kam von der Tür. Er drehte sich um und erkannte, dass es Evangeline Mirabeau war, die ihn beobachtete. Sie war eine reizende Frau, alle ihre Kurven würden in ihrem dünnen, leicht feuchten Kleid perfekt zur Geltung gebracht. Ihr honigblondes Haar hing in perfekten Locken herab. Sie war eine echte französische Kurtisane.

»Miss Mirabeau«, grüßte er.

Sie lächelte, ein wissendes Lächeln. »Einmal, vor langer Zeit, waren du und ich intimer als das.«

Er wollte diese Erinnerung nicht. Sie war eine wunderbare Geliebte gewesen, und ihre Schönheit war unbestreitbar, aber die Leidenschaften, die sie einst in ihm geweckt hatte, waren eine bloße Kerzenflamme im Vergleich zu dem Inferno, das Audrey in ihm erschuf.

»Ja«, stimmte er zu. »Einmal, aber nicht mehr.«

»Du verwundest mich mit solcher Gewissheit. Ah gut, *c'est la vie*.« Evangeline blickte sich im Zimmer um. »Nun, wo ist deine zierliche Freundin? Das Sheridan-Mädchen? Ich nehme an, du hast sie für ihre Lektionen hierher begleitet?«

»Lektionen?« Er hob eine Augenbraue in ihre Richtung, völlig verwirrt. Audrey war hierher gekommen, um zu lernen, wie sich eine Kurtisane verhielt?

Die Französin neigte den Kopf. Der Humor in ihren Augen schwächte sich ab, als sie ernst wurde. »Du weißt es nicht?«

»Was soll ich wissen?«

»Dass sie an ... ausländischer Etikette interessiert ist?«

Jonathan bewegte sich unruhig, während er versuchte zu verstehen, was Evangeline sagte. »Etikette ... Ich weiß nicht ... Was hat das mit dir zu tun?«

»Ah, verstehe. Sie bedeutet dir etwas, *n'est-ce pas?* Du bist aus Sorge um ihre Sicherheit hierher gekommen?« Sie seufzte, als wollte sie gleich etwas tun, an das sie nicht gewöhnt war. »Ich enthülle nicht die Geheimnisse einer Klientin, aber wenn sie dir so wichtig ist, dann solltest du es wissen. Ihre Absicht, die Verhaltensweisen am französischen Hof zu erlernen, ist nicht nur für ausgefallene Bälle gedacht.«

»Was meinst du damit?«

»Ich kann es dir nicht sagen, aber vielleicht würde es dein Freund Avery Russell tun.«

»Avery?« Plötzlich ergaben Evangelines geheimnisvolle Kommentare Sinn. »Sie ist hier, um zu lernen, wie man ein Spion ist?« Jonathan spuckte das Wort aus.

»Audrey war nicht hier, um die Kunst der Verführung zu lernen?«

»*Mais non*, wir haben das vor ein paar Monaten bei einem Tee erledigt.«

Wofür zum Teufel musste sie lernen, wie man spionierte?

Dann traf es ihn wie ein Schlag ins Gesicht. Sie verbrachte viel Zeit mit Charles, und Charles unterstützte von Zeit zu Zeit Lucien Russells jüngeren Bruder Avery bei seinen Spionagemissionen in London. Audrey hatte Verkleidungen geübt, aber er hatte nicht bemerkt, dass sie tatsächlich jemanden suchen würde, der ihr beibringen könnte, wie man ein Spion ist.

Evangeline lächelte immer noch. »Ich werde mit ihr einen neuen Termin vereinbaren müssen, da du sie verschreckt hast.« Die Frau sah ihn erwartungsvoll an und schien sich nicht darum zu kümmern, dass sie tatsächlich das Geheimnis ihrer Klientin enthüllt hatte.

Mit einem tiefen Knurren fischte er ein paar Pfundnoten aus seiner Tasche und reichte sie ihr.

»Das ist für heute, und das ...« Er fügte noch ein paar weitere Banknoten hinzu. »... ist für deine Weigerung, ihr beim nächsten Mal zu helfen. Sie ist zu unschuldig für Spionagearbeit. Ich will sie nicht in Gefahr bringen.«

»*Mon ami*, wenn du nicht die Absicht hast, *la petite femme* wegzuschließen, denke ich, dass wir beide wissen, dass sie genau das tun wird, was sie will.«

Jonathan stöhnte auf. Evangeline hatte recht.

»Und«, fuhr sie fort, »wenn das der Fall ist, ist es besser, vorbereitet zu sein , *oui*? Welche Vorgehensweise bringt sie wirklich in größere Gefahr?«

»Ja, ja. Wenn sie wegen irgendetwas wieder zu dir kommt, und ich meine *irgendetwas*, schreibst du mir sofort. Ich möchte involviert sein.«

Er wartete darauf, dass Evangeline nickte, bevor er die letzte Banknote losließ, die er ihr vorenthalten hatte. Dann stürmte er aus der Kammer. Der heutige Tag war ein schreckliches Durcheinander gewesen. Die Frau, die ihm wichtig war, hatte ihm nicht nur gesagt, dass sie seinen Antrag nie in Betracht ziehen würde, er hatte auch gelernt, dass sie ihr Leben riskierte, um Fantasien von Spionen und Intrigen auszuspielen. Jonathan wusste, dass er es ihren Geschwistern sagen musste; sie mussten sie zur Vernunft bringen.

Ich kann nicht ihr Ehemann sein, aber ich werde trotzdem alles in meiner Macht stehende tun, um sie zu schützen.

ALS AUDREY DAS SHERIDAN-HAUS BETRAT, WAR SIE WIE benommen, und ihre Emotionen liefen Amok. Sie wusste, dass sie fürchterlich aussah, ihre Haare offen, ihr Kleid zerrauft, aber sie konnte nicht anders. Alles, was sie tun konnte, war, nach oben zu gehen und sich zu sammeln.

»Mylady!« Gillian keuchte auf, als sie und Sean, der Diener, von der Treppe der Diener zu ihr eilten.

»Gillian?« Audrey starrte das Dienstmädchen an. Die andere Frau sah genauso schlecht aus wie sie.

»Ja, Mylady.«

Sean trat vor. »Mylady, wir müssen mit Ihnen sprechen. Ich fürchte, es ist eine Frage von äußerster Dringlichkeit.«

»Oh?« Audrey ging zur Treppe. Sie hatte ihr eigenes privates Arbeitszimmer, und es wäre ein guter Ort, um zu sprechen. Sean war der einzige Mensch außer Gillian, dem sie ihre Identität als Lady Society anvertraute, und dies wäre bei Weitem nicht ihr erstes Geheimtreffen. Es war eine gute Sache, dass ihr Bruder und die Liga wahrscheinlich immer noch beim Tee saßen. Sie schloss die Tür, sobald Gillian und Sean drinnen waren, und dann setzte sie sich an ihren Schreibtisch.

»Mylady, Sie haben eine Warnung von Mr. Worthing erhalten. Sie dürfen den heutigen Plan nicht durchziehen«, flehte Gillian.

Worthing hatte sie vor dem Hell Fire Club gewarnt?

»Aber warum denn nicht? Du weißt, dass diese Männer Monster sind. Ich kann nicht zulassen, dass sie ihre schrecklichen Treffen fortsetzen.« Sie sagte nicht, dass ein Teil von ihr so verärgert war, dass sie sich rücksichtslos genug fühlte, ihre Warnungen nicht zu beachten.

»Mylady, da war ein Mann. Er griff mich an, um den Brief von Mr. Worthing in die Hände zu bekommen.«

»Angegriffen? Himmel, Gillian, geht es dir gut?« Audrey sprang auf ihre Füße, ging direkt zu ihrer Magd und setzte sie fest auf den Stuhl. »Bitte setz dich. Ich hatte ja keine Ahnung.« Gillian angegriffen ... Audrey schluckte eine Welle von Schuldgefühlen herunter. Sie hatte ihr Dienstmädchen in diese Gefahr gebracht, und es war alles ihre Schuld.

»Mir geht es gut. Lord Pembroke hat mir geholfen und mich nach Hause begleitet.«

James Fordyce hatte Gillian geholfen?

»Hat er das? James ist so ein Lieber«, murmelte sie. Sie hatte ihn immer verehrt. Er war ein gutaussehender Mann und sehr fürsorglich. Es schien, dass er immer gerade dabei war, Damen zu retten, obwohl sie normalerweise keine Hilfe brauchten.

»Ich sollte ihm danken«, fügte sie hinzu.

»Nein!«, sagte Gillian. »Ich ... das heißt, der Graf von Pembroke hat mich für eine Dame gehalten, und das habe ich ... das heißt, ich habe ihn nicht wirklich korrigiert.«

Das überraschte Audrey. Ihr stilles Dienstmädchen, das sich nie einer Regel widersetzte, hatte vorgetäuscht, eine Dame zu sein? Anstatt wütend zu sein, war Audrey beeindruckt.

»Werde ich jetzt entlassen?« Es war schwer, die Trauer in Gillians Stimme zu überhören.

»Entlassen?« Audrey neigte den Kopf. »Warum sollte ich dich entlassen?«

»Weil ich Lord Pembroke getäuscht und Dinge vorgegeben habe, zu denen ich kein Recht hatte.«

»Vielleicht würde dich jemand anderes entlassen, aber wir sind nicht einfach Lady und Zofe, Gillian. Wir sind

Freundinnen. Ich kenne dich fast so gut wie du selbst. Ich glaube nicht, dass du dich schlecht in Gegenwart von Lord Pembroke benommen hast. Er hatte eine Vermutung, und du hast sie nicht korrigiert. Darüber können wir uns später Gedanken machen. Wichtig ist, dass du unversehrt bist. Ich möchte, dass du dich heute Abend ausruhst. Sean wird über dich wachen.«

»Und Sie werden hier bleiben, Mylady? In Sicherheit?«, drängte Gillian.

Die Ernsthaftigkeit, die das Dienstmädchen zeigte, als es das fragte, ließ die Schuld wieder aufsteigen, weil Audrey sie anlügen wollte, die eine Freundin, der sie wie eine Schwester vertraute.

»Ich werde in Sicherheit sein«, versicherte sie Gillian. »Und jetzt bringen wir dich ins Bett, damit du dich ausruhen kannst.«

Sean begleitete Gillian aus Audreys Arbeitszimmer hinaus. Als sie weg waren, ließ sie sich auf einen Stuhl sinken und zog die Knie an ihr Kinn. Sie wollte nicht an alles denken, was heute passiert war. Nach ihrer Begegnung mit Jonathan fühlte sie sich wie hohl, als sei ihr Herz in zwei Teile zerbrochen. Sie war noch nie so schwach gewesen. Sie hasste das Wort. Ihr Bruder und ihre Schwester, die sie beschützten, hatten nicht zugelassen, dass sie sich zu einer schwachen Persönlichkeit entwickelte.

Ich werde nicht zulassen, dass ein Mann mir das Herz bricht und mich zerquetscht. Das werde ich nicht.

Sie musste Gillian heute Nacht täuschen. Sie wollte

Gerald Langley und seine Freunde bloßstellen als die elenden Männer, die sie waren. Es wäre zweifellos gefährlich, aber sie hatte bereits das Gefährlichste getan, was sie tun konnte, ihrer Meinung nach, als sie sich in Jonathans Armen hatte gehen lassen.

Seine teuflischen Lektionen hatten gezeigt, dass sie noch so viel zu lernen hatte, und doch würde sie nie die Gelegenheit dazu bekommen, nicht mit diesem Mann, der sie nicht wirklich wollte. Audrey wischte ihre Tränen weg und ging auf die Suche nach einem anderen Dienstmädchen, das ihr helfen sollte, sich auf heute Abend vorzubereiten. Sie würde allein gehen, das gebrochene Herz sollte verdammt sein.

VIELEN DANK, DASS SIE *IHRE TEUFLISCHE Sehnsucht* gelesen haben. James und Gillians vollständige Geschichte werde ich Ihnen in Buch 7 der Serie erzählen, die *Der Graf von Pembroke* heißen wird. Audrey und Jonathans vollständige Geschichte wird Buch 8 in der Serie umfassen und *Sein teuflisches Geheimnis* heißen. Blättern Sie um, um das erste Kapitel von Buch 6 *Seine teuflische Umarmung* zu lesen, in dem es um Lucien Russells jüngeren Bruder Lawrence geht.

SEINE TEUFLISCHE UMARMUNG

KAPITEL EINS

Liga-Regel Nummer 11:

Ein Mann sollte sich von Zeit zu Zeit daran erinnern, ein Gentleman zu sein, auch wenn er denkt, er könnte vergessen haben, wie das geht.

Auszug aus der *Quizzing Glass Gazette*, 28. April 1821, Spalte Lady Society:

Lady Society ist ziemlich neugierig auf einen gewissen Herrn namens Mr. Lawrence Russell. Sein älterer Bruder, der Marquess of Rochester, ist in der Tat als Mitglied der Liga der Schurken ziemlich berüchtigt, aber was Mr. Russell selbst betrifft ... So gibt es Gerüchte im Überfluss.

Lady Society möchte sehr gerne wissen, ob er heiraten möchte, oder wird er so weitermachen, wie sein Bruder es getan hat, und der Ehe widerstehen? Sollte Ersteres der Fall sein, wird sich Lady Society bemühen, eine geeignete Braut zu finden. Sollte Letzteres der Fall sein, sieht Lady Society seine Entschlossenheit bezüglich eines Junggesellendaseins als Herausforderung an. Ein Schurke mögen Sie sein, Mr. Russell, aber Lady Society glaubt, dass Sie noch lernen könnten, ein guter Ehemann zu werden. Nun, an wen könnte man Sie verheiraten?

»*Du gehörst jetzt zu mir.*«

Die geflüsterten Worte hallten in Zehra Darzis Kopf wider, als sie mit einem kleinen Schreck erwachte. Irgendwie war es ihr in den letzten vierundzwanzig Stunden gelungen, ein wenig in ihrem vergoldeten Gefängnis zu schlafen. Diese Worte, die sie verfolgten, ließen ihren Kopf noch immer pochen, als eine frische Welle der Angst durch sie fegte. Der Mann, der sie gesprochen hatte, hatte ihre Eltern ermordet und sie vor drei Wochen aus ihrem Palast in Persien entführt.

Al-Zahrani. Sein Name war wie bitteres Gift auf ihrer Zunge, und sie kämpfte gegen den Drang an, sich zu übergeben. Sie hatte nur ein paar Tage als seine Gefangene verbracht - hatte ihm zuhören müssen, wie er davon geprahlt hatte, sie in die Finger bekommen zu haben, und seine Pläne, sie als Konkubine zu benutzen, bevor sie eine Chance hatte zu fliehen.

Sie ballte ihre Hände zu Fäusten und zuckte zusammen, als sich ihre Nägel in ihre Handflächen gruben. Schnitte, kaum verheilt, brannten immer noch. Sie hatte sie sich zugezogen, als sie einen tiefverzweigten Baum in der Nähe von Al-Zahranis Mauern erklommen hatte, um sich zu befreien. Sie war der Freiheit so nahe gewesen, hatte sie mit jedem Schritt gespürt, während sie durch die Hügel der Wüste stolperte und rannte.

Dann, nach zwei Tagen ohne Nahrung oder Wasser, war sie auf den Dünen zusammengebrochen, die Lippen ausgetrocknet und zerrissen, die Augen brannten. Sie hatte Männer am Horizont gesehen, auf dem Rücken von Pferden, in dunklen Kleidern. Zuerst hatte sie geglaubt, sie seien ihre Rettung, aber sie musste schon bald erfahren, dass sie alles andere waren.

Sklavenhändler.

Jetzt war sie in einem englischen Bordell Tausende von Meilen von ihrem Haus entfernt eingesperrt.

Zehras Blick wanderte zum hundertsten Mal im Raum herum, und sie wünschte, die Frauen, die sich um sie gekümmert hatten, hätten ihr auch einen Krug mit frischem Wasser gebracht. Ihre Kehle war ausgetrocknet und sie hätte fast alles für einen Schluck Wasser getan. Draußen war es dunkel, und seit dem frühen Morgen, als die Sklavenhändler sie an die Frau verkauft hatten, die diesen elenden Ort führte, war sie von niemandem besucht worden. Sie leckte sich die trockenen Lippen und weigerte sich zu weinen.

Du bist stark. Du bist die Tochter eines Schahs und einer

englischen Lady. Du gehörst niemandem - egal, was heute Abend passiert.

Es war das Mantra, das sie immer wieder vor sich hin gesprochen hatte, als die Sklavenhändler sie während ihrer langen Tage auf See verspottet hatten. Sie war nicht die einzige Frau gewesen, die sie gefangen genommen hatten, aber sie war eine der wenigen, die sie unberührt gelassen hatten. Der Name ihres Vaters hatte genug Gewicht, um ihr diesen Schutz zu geben, zumindest was die Gier der Männer betraf.

»Verkaufe eine persische Prinzessin und mache einen ordentlichen Gewinn.« Sie konnte immer noch die höhnische Stimme des Kapitäns hören, als er eine Haarlocke um seinen Finger gewickelt und ihre Brüste mit seinen forschenden Händen zerquetscht hatte, bevor sie sie in eine winzige Kammer geworfen hatten, wo sie die nächsten zwei Wochen ihrer Reise verbracht hatte.

Jetzt starrte Zehra Darzi auf die verschlossene Tür, die sie in ihrem neuen Käfig gefangen hielt. Durch die dünnen Wände der widerlichen Schlafkammer konnte sie die Geräusche der Leidenschaft, das Grunzen von Männern und das Stöhnen von Frauen hören, zusammen mit den schweren Geräuschen von Möbeln, die sich rhythmisch bewegten. Galle stieg wieder in ihrem Mund auf. Sie versuchte, nicht daran zu denken, wie sich dieses winzige Zimmer so sehr von den bunten, offenen Räumen und Rosengärten unterschied, die sie einst ihr Zuhause genannt hatte.

Zumindest bist du Al-Zahrani entkommen. Er kann dich hier nicht finden. Sie hoffte, dass das wahr war. Er hatte während ihrer kurzen Gefangenschaft darüber geprahlt, dass er Sklaverei betrieb, wie viele mächtige Männer in der Gegend, und er hatte ihr einmal gesagt, dass die westlichen Länder für ausländische Schönheiten gut bezahlen würden. Er hatte ihr jedoch versichert, dass er sie niemals verkaufen würde, weil er das Vergnügen haben wollte, ihren Geist selbst zu brechen.

Kein Mann würde *jemals* ihren Geist brechen.

Zehra starrte den verdammten Türgriff an und wünschte, er würde sich magisch entriegeln, aber selbst dann wusste sie, dass eine Flucht unmöglich wäre. Als sie in diesen Raum begleitet worden war, hatten zwei starke Männer draußen Wache gestanden, ihre ausdruckslosen Gesichter erschreckend. Sie bezweifelte, dass sie sich seitdem auch nur gerührt hatten.

Zum zehnten Mal, seitdem man sie in dieses Schlafgemach geworfen hatte, entspannte sie sich auf dem Bett und versuchte, die Angst zu beruhigen, die durch sie rollte. Sie konnte nicht still sitzen, während ihr Leben und ihre Freiheit in der Schwebe hingen. Zehra dachte über ihre Optionen nach. Sie hatte versucht, zu bestechen, aber die Frau und ihre Schar von Huren hatten gelacht, als Zehra Reichtümer versprochen hatte, die über ihre wildesten Träume hinausgingen. Sie wurde kühl darüber informiert, dass ihr einziger Wert das Geld war, das sie heute Abend bei einer privaten Auktion einbringen würde.

Als Zehra ihr gesagt hatte, sie sei halbe Engländerin, mit Verwandten, die zum Adel gehörten, hatten sie wieder gelacht, eindeutig ungläubig. Ihre Haut war zu oliv gefärbt, ihre Haare rabenschwarz und ihre Gesichtszüge exotischer. Sie war keine englische Rose in ihren Augen.

Ich mag eine Frau sein, aber ich werde kämpfen, bevor ich mich der Verzweiflung hingebe.

Ihre letzte Hoffnung - düster, wenn nicht gar unmöglich - war, bei der Auktion heute Abend einen Gentleman zu finden, der ihr zuhörte und ihr glaubte, wenn sie ihm sagte, dass sie gegen ihren Willen hier sei. Sie konnte keine Sklavin sein, denn Sklaverei war in England verboten. Natürlich hatte die Frau sie daran erinnert, dass selbst die Engländer ihre dunklen Geheimnisse behielten. Sklaven zum Beispiel. Aber es würde heute Nacht sicherlich einen Mann geben, der sich ihrer erbarmen und sie befreien würde.

Der Türgriff klickte, als sich das Schloss drehte. Zehra drückte sich gegen den Bettpfosten, die Finger gruben sich in das Holz. Sie stieß erleichtert den Atem aus, als eine Frau in einer lockigen blonden Perücke hereinspazierte. Die rote Färbung über der weißen Paste auf ihren Wangen passte zu dem schönen roten Kleid, das sie hielt.

»Die Madame sagt, du sollst heute Abend das hier anziehen. Ich bin da, um dir zu helfen.« Die Frau legte das Kleid auf das Bett und stemmte die Hände in ihre Hüften. »Keine dummen Versuche, übrigens. Die Wachen sind draußen, und sie werden dich schnell fangen, wenn du versuchst zu fliehen.«

Zehra studierte das blasse Gesicht der Frau. Ihre zerzauste blonde Perücke war zu einer chaotischen Frisur zurückgezogen, und ihre Arme waren dünn. Ihr Körper war schlank, aber auf eine kränkliche Art und Weise. Zehra war eine starke, kräftig gebaute Frau. Es wäre leicht, sie zu überwältigen, aber nicht die Wachen draußen.

»Ich sagte, *keine* dummen Versuche«, schnappte die Frau. »Ich sehe, dass du zur Tür schaust. Jetzt los, mach weiter.« Sie wedelte mit der Hand zu dem Kleid, das sie auf das Bett geworfen hatte.

»Also gut.« Zehra griff nach den Knöpfen auf der Vorderseite ihres Kleides und begann, sie aus den kleinen Schlitzen zu schieben. Die Frau wartete, bis Zehra aus ihrem hellblauen Reisekleid getreten war, bevor sie ihr in das Abendkleid aus rotem Satin half. Es passte gut genug auf Zehras kurvige Figur, aber in dem Moment, in dem es komplett geschlossen war, überfiel sie eine Welle von Übelkeit. Sie schloss die Augen und atmete langsam tief ein, bis das widerliche Gefühl vorüber war.

»Das passt schon, was?« Die Frau nickte Zehra zu.

Zehra studierte ihre Reflexion im Spiegel in der Ecke neben dem verschlossenen Fenster. Die rote Seide betonte den hell olivfarbenen Teint ihrer Haut, aber das Oberteil war skandalös tief geschnitten. Sie war in einem Land aufgewachsen, in dem Frauen sich nicht so kleideten, und sie wusste von ihrer Mutter, dass englische Frauen auch keine so tiefen Ausschnitte trugen.

»Die Schuhe werden reichen müssen.« Die blonde Frau starrte auf Zehras vernünftige schwarze Stiefel. »Und dein Haar - das kann dir niemand hier so frisieren, wie es die feinen Damen tun.«

Obwohl sie die strahlend blauen Augen und vollen Lippen ihrer Mutter hatte, kamen Zehras persische Gesichtszüge und das rabenschwarze Haar direkt aus dem Blut ihres Vaters. Sie hatte ihre Haare vor Tagen mit Nadeln zu einem losen Knoten aufgesteckt, während sie noch in der Kabine an Bord des Schiffes gewesen war, und sie hatte sie seitdem nicht mehr berührt. Hastig zog sie die Nadeln noch einmal fest.

»Es ist in Ordnung. Wird in ein paar Stunden keine Rolle mehr spielen. Nicht, wenn du auf dem Rücken liegst und dich einem feinen Gentleman hingibst. Wahrscheinlich wird es dieser dunkelhäutige Kerl sein.« Die Frau plapperte weiter, und Zehra hörte kaum zu, bis sie die Worte »dunkelhäutig« hörte.

Sie griff nach dem Arm der Frau. »Was? Welcher Mann?«

Die Prostituierte runzelte die Stirn, und Zehra ließ sie los. »Irgendein Mann hat mit der Madame über dich gesprochen. Er ist dunkler als du. Er fand heraus, dass du hierher verkauft wurdest, und er versuchte, dich sofort zu kaufen. Er sagte, du gehörst ihm.«

Al-Zahranis Worte durchdrangen den dünnen Schleier

der Hoffnung, an dem sie festgehalten hatte. *»Du gehörst mir.«*

»Was genau hat er gesagt? Hat er seinen Namen erwähnt?«

»Name? Das habe ich nicht gehört. Etwas Fremdes, Komisches, weißt du.« Die Frau zupfte an ihrem Kleid, aber der faltige Stoff war nicht zu retten. »Der Kerl war schon früher immer mal hier. Verkauft ständig Mädchen wie dich. Kauft aber normalerweise nicht. Er war richtig sauer, dass jemand anderes dich an uns verkauft hatte. Die Dame sagte ihm, er müsse wie alle anderen bei der Auktion bieten.«

Nein ... oh Himmel, nein. Es war Al-Zahrani. Er musste es sein. Ein seltsamer Rostgeschmack erfüllte ihren Mund, und Schweiß bedeckte ihre Handflächen. Er würde sie heute Abend kaufen. Er würde alles für sie bezahlen. Und dann ...

»Also dann, komm mit mir.« Die Frau machte sich auf den Weg zur Tür, und Zehra folgte ihr und berührte das kleine Goldmedaillon um ihren Hals. Es war das einzig Wertvolle, was ihr geblieben war, und es enthielt die Porträts ihrer Eltern im Inneren. Al-Zahrani hatte keinen Vorteil darin gesehen, es ihr wegzunehmen, als er sie entführt hatte, und die Sklavenhändler auf dem Schiff hatten nicht gewusst, dass sie es in ihren Röcken versteckt hatte. Das Gold war warm auf ihrer Haut, und sie berührte mit den Fingern die komplizierten Blumenmuster und wünschte mehr als alles andere, dass ihre

Eltern noch am Leben seien, dass sie noch in ihrem Bett schliefe und nur einen schrecklichen Albtraum hatte.

Das Bordell war mit roten Satintapeten verziert. Vergoldete Wandleuchten beleuchteten den Saal, als die Prostituierte Zehra zu einer Tür am Ende des Korridors führte. Drei große, muskulöse Diener standen hinter ihr und verhinderten jede Chance auf Flucht. Zehra stopfte ihre Hände in die Falten ihrer Röcke, um sie vor dem Zittern zu bewahren. Die Tür öffnete sich, und eine Flut von Geräuschen stürzte über sie herein. Männer lachten und redeten im dunklen Inneren des Raumes dahinter. Da war eine kleine Bühne mit einem Stuhl drauf. Irgendwo in der Dunkelheit wartete Al-Zahrani wahrscheinlich, wie ein Wolf, der sich auf den Angriff vorbereitete.

Die blonde Frau stieß sie auf die Bühne. »Geh da hoch und setz dich hin.« Zehra behielt ihren Kopf unten, obwohl sie wegen der Beleuchtung auf der Bühne keinen der Männer sehen konnte.

»Nun, wir beginnen die heutige Auktion mit einem Leckerbissen für Sie, meine Herren.« Ein Engländer sprach, dann lachte er. »Genießen Sie den Anblick dieser persischen Prinzessin. Welche Freuden könnte diese jungfräuliche Schönheit in Ihrem Bett erfahren? Mindestgebot sind fünfhundert Pfund.«

Ihr Herz pochte, als die Männer anfingen zu bieten. Die Zahlen kletterten immer höher. Die schweren Düfte von Tabak und Spirituosen hingen in der Luft und füllten ihre Nase mit einem Gestank, den sie nicht ertragen konnte. Sie sah die Schatten der Männer direkt hinter der Reichweite des Leuchtens des Kronleuchters. Sie wanderten an den Rändern ihres Sichtfeldes wie aus Schatten geborene Kreaturen. Harsches Lachen hallte durch den Raum und lieferte eine schaurige Symphonie zu den Klängen des Bordells. Sie konzentrierte sich auf das Bieten und versuchte, ihre Panik zu bekämpfen, indem sie die Zahlen in ihrem Kopf immer wieder aufsagte.

»Zweitausend Pfund!« Al-Zahranis Stimme donnerte durch den Raum. Es gab keinen Zweifel daran. Zehra bewegte sich nicht, zuckte nicht zusammen, obwohl ein Teil von ihr zu Eis geworden war.

Bitte lass jemanden gegen ihn bieten. Der Teufel selbst wäre vorzuziehen.

»Zweitausend?« Eine seidige Stimme in der Nähe lachte. »Himmel, diese Schönheit ist mehr wert als das! Siebentausend!«

Sie hätte beinahe den Kopf gehoben und fragte sich, wer so viel ausgeben würde, um ihr Meister zu sein, aber sie tat es nicht. Sie würde sowieso nur ins Dunkle starren und nichts sehen. Würde Al-Zahrani gegen diesen anderen Mann bieten?

Bitte, lass diesen Teufel gewinnen, wer auch immer er ist. Ich möchte lieber, dass er mein Meister ist.

Stille senkte sich über den Raum, als der Mann, der siebentausend Pfund geboten hatte, lachte. »Niemand mutig genug, um höher zu bieten, was?« Diese Stimme, wie ein warmes Feuer im Winter, ließ ihre Haut warm werden.

Der Mann, der die Auktion leitete, trat näher an die Bühne heran. »Irgendwelche anderen Gebote? Siebentausend Pfund zum Ersten ...« Er hielt für eine Ewigkeit inne. »Zum Zweiten ...«

Zehra konnte nicht atmen. »*Verkauft* an den Gentleman für siebentausend Pfund. Sobald Sie für Ihre Dame bezahlt haben, können Sie sie mitnehmen.«

Zehra schaute schließlich auf und blickte hoffnungslos in die Dunkelheit um sie herum, aber sie sah nur dunkle Formen.

»Hier entlang.« Der Auktionator ergriff grob ihren Arm und schleppte sie von der Bühne, ignorierte ihren Schrei. Sie stolperte.

»Hören sie auf!«, knurrte ein Mann aus der Nähe neben ihr, als eine Hand ihren anderen Arm fest, aber sanft packte und versuchte, sie zu beruhigen.

»Wenn Sie ihr noch einmal Schaden zufügen, werde ich Sie töten, haben Sie das verstanden? Ich will nicht, dass mein Eigentum beschädigt wird.«

»Selbstverständlich.« Der Auktionator lockerte hastig seinen Griff. Zehra wusste, dass sie morgen blaue Flecken haben würde.

»Ist alles in Ordnung, meine Liebe?«, fragte der Mann. Sie blinzelte in der Dunkelheit, an die ihre Augen sich nur langsam gewöhnten. Sie sah einen großen, gutaussehenden Mann mit roten Haaren. Sie hatte dafür gebetet, dass ein

Teufel sie retten möge, und sie hatte einen gefunden. Sie sah sich um und fürchtete, dass sie Al-Zahrani entdecken würde, der sich näherte, um sie zu stehlen.

»Ja ... ich ...« Sie schluckte, unsicher, was sie sonst noch sagen sollte.

»Gut. Warte auf mich. Ich bin gleich wieder da. Ich verspreche, dass ich nicht zulasse, dass dir jemand wehtut.« Der Mann drehte sich um und verschwand in der Menge.

Er würde nicht zulassen, dass ihr jemand wehtun würde? Sie spürte eine Welle der Hoffnung in sich, die so stark war, dass sie beinahe lächelte. Er hatte Gnade, dieser schöne Fremde. Er könnte derjenige sein, der sie befreite, und dann könnte sie die Familie ihrer Mutter finden.

»Komm, hier entlang«, knurrte der Auktionator und nahm erneut ihren Arm, wenn auch weniger rau als zuvor, und begleitete sie zurück in ihre Kammer. Zehra hörte kaum das Murren des Mannes - alles, woran sie denken konnte, war, dass heute Abend vielleicht nicht so schrecklich sein würde, wie sie befürchtet hatte. Wenn sie den Mann, der sie gekauft hatte, nur überzeugen könnte, ihr zu helfen, könnte sie noch überleben.

»Er wird dich holen, sobald er bezahlt hat.« Der Mann lachte. »Vorausgesetzt, er hat so viel Geld. Kein Gentleman hat je so viel für einen hübschen Vogel wie dich bezahlt. Ich hoffe, du bist es wert, denn die Madame wird niemandem ihr Geld zurückgeben.« Der Auktionator lachte leise, das Geräusch kratzte geradezu in ihren Ohren, als er die Kammertür vor ihrem Gesicht schloss.

Zehra schluckte schwer. Die Endgültigkeit des Klangs des einklickenden Schlosses erfüllte sie noch immer mit Furcht, aber sie hielt an der Hoffnung fest, die ihr Retter ihr gegeben hatte. Zehra drückte ihre Stirn gegen das Holz, holte Luft und versuchte nicht zu weinen. Sie war verängstigt und hoffnungsvoll und so erschöpft, aber vielleicht wäre heute Abend alles in Ordnung.

Bitte ... Lass ihn ein Mann der Barmherzigkeit sein, der mich vor Al-Zahrani rettet.

LAWRENCE RUSSELL VERACHTETE DAS WEIßE HAUS IN Soho. Es war eines der weniger seriösen Bordelle in London, und es hatte eine dunkle Seite, die sogar einen erfahrenen Schurken wie ihn vor Abscheu erschaudern ließ. Sein Geschmack lief mehr in Richtung des Mitternachtsgartens, der weniger für angeheuerte Vergnügungsarbeiterinnen gedacht war, sondern eher aristokratische Damen und Herren mit einander ähnelnden Bedürfnissen zusammenbrachte.

Wenn ich eine Frau verführe, ist es aus gegenseitigem Wunsch heraus, keine monetäre Transaktion.

Keine Geliebte, die er jemals gehabt hatte, hatte feine Kleidung oder Juwelen gefordert - sie hatten ihn nur angefleht, niemals ihre Betten zu verlassen. Er hatte sich sehr gerne verpflichtet, so lange er konnte.

Er starrte auf die Menschenmenge im schwach beleuchteten Kartenzimmer. Die Tische waren ein halbes Dutzend Fuß zurückgeschoben worden, um Platz für eine kleine Bühne zu schaffen, die groß genug war, um eine Person in dem Stuhl unterzubringen, der in der Mitte platziert worden war. Der Raum war voll von Männern, die redeten und tranken und Rauch aus faul an den Unterlippen hängenden Zigarren ausstießen. Es gab einige Gesichter, die er erkannte. Zum Glück niemand, den er als engen Freund betrachtete. Die Auktion heute Abend und der bloße Gedanke an das, was hier geschah, drehte Lawrence den Magen herum.

Er wäre überhaupt nicht hier, wenn da nicht der Brief gewesen wäre, den er von seinem jüngeren Bruder Avery erhalten hatte. Sein Bruder hatte ihm geschrieben, er solle heute Abend hingehen und sich notieren, welche Männer die Ware von der heutigen privaten Auktion gekauft hatten.

Was Lawrence nicht realisiert hatte, war, dass die Ware *Sklaven* sein sollten. Er hatte gehofft, es könnte eine andere unrühmliche Aktivität sein, die er zu stoppen half, aber Sklaverei? Nicht irgendeine Sklaverei, sondern eine von intimer Natur.

Sklaverei war in England zumindest öffentlich verboten worden. Dennoch wurden Frauen heute Abend wie Pferde bei Tattersall an den Meistbietenden verkauft und zweifellos weniger als freundlich behandelt. Sein Blut kochte bei dem Gedanken, dass Frauen einem solchen Schicksal ausgeliefert sein sollten. Er *verehrte* Frauen. Frauen waren reizende, zarte Kreaturen, die gütige, verspielte und großzügige Liebhaber im Bett verdienten. Nicht diese Ungerechtigkeit.

Von dem Moment an, als er das Geflüster von anderen Männern in diesem Raum hörte, hatte sein Herz begonnen, sich mit Furcht zu füllen. Avery sollte gleich nach der Auktion eintreffen, um die Männer, die diese Frauen kauften, aufzuhalten und sie verhaften zu lassen.

Aber was, wenn Avery zu spät käme? Was wäre, wenn einige der Männer vor Abschluss der Auktion gehen würden und die Frauen nicht gerettet werden könnten? Hundert neue Ängste erhoben sich in ihm, als er versuchte, sich zu konzentrieren und ruhig zu bleiben. Er musste jeden Mann in diesem Raum katalogisieren, der ein Gebot abgab, nicht nur diejenigen, die eine Sklavin kauften.

Einer der Männer, die das Weiße Haus leiteten, näherte sich der Bühne und stellte den kleinen, aber eleganten Stuhl auf der Bühne zurecht. Schweigen senkte sich über den Raum, und eine Spannung baute sich in der Luft so dick auf, dass Lawrence das Gefühl hatte, er müsse ersticken.

»Wir werden in Kürze beginnen, meine Herren. Bitte haben Sie noch einen Moment Geduld.« Das Summen der Gespräche um ihn herum begann aufs Neue. Er hatte noch Zeit, bevor die Auktion begann. Lawrence lehnte sich zurück an die Wand, neben der nächsten Tür, die ihm einen schnellen Ausgang verschaffen würde. Er wollte den Raum im gleichen Moment verlassen, in dem diese schreckliche Szene vorbei war.

Die Tür neben ihm knarrte auf, und eine dreckige blonde Frau führte eine rot gekleidete Frau in das Zimmer. Sie kamen dicht an ihm vorbei, als sie sich der Bühne näherten. Satin flüsterte gegen seine Stiefel, als die zweite Frau an ihm vorbei strich. Ein Hauch von Rosenwasser streichelte seine Nase. Er beobachtete, wie sie auf die Bühne zuging, folgte ihren Bewegungen und hasste es, dass diese Frau einem solchen Schicksal gegenüberstand. Es war genug, um jeden anständigen Mann krank zu machen.

Lawrence nahm einen tiefen Atemzug, als die Frau sich der kleinen Bühne näherte und dabei ins Licht tauchte. Männer johlten, und mehrere riefen grausame Vorschläge, was sie ihr antun wollten. Lawrence bewegte sich wie in einem Traum auf sie und die Bühne zu. Ihr rabenschwarzes Haar und ihre helle Olivenhaut waren exquisit, sogar unter dem Glanz des einzelnen Kronleuchters über ihrem Kopf. Das rote Satinkleid, das sie trug, schmiegte sich an jede Kurve und überließ wenig der Fantasie. Anstatt billig auszusehen, sah die Frau unwiderstehlich aus.

Die Männer um ihn herum flüsterten, als sie hungrig auf den Gegenstand starrten, für den sie bald bieten wollten. Lawrence kämpfte gegen den Drang an, zu der Frau zu rennen, sie zu schnappen und zu fliehen, nachdem er jeden Mann im Raum von einer sehr hohen Klippe gestoßen hatte.

Als sie ihre Röcke ein wenig raffte, um die Bühne zu erklettern, erhaschte er einen Blick auf vernünftige schwarze Stiefel, die ihre schlanken Knöchel bedeckten. Sein Körper flammte zum Leben auf, und er schämte sich für seine eigene Erregung.

Schau nicht auf sie - sieh die Männer an. Sie sind es, an die du dich erinnern sollst.

Er begann, seinen Fokus von der Frau abzuwenden, aber dann sah er ihr Gesicht. Sein Herz erstarrte in seiner Brust. Es war, als ob alles um ihn herum eingefroren wäre, zwischen einem Atemzug und dem nächsten, als er seinen Blick auf das Gesicht der Frau heftete. Da war etwas an ihren femininen, exotischen Gesichtszügen, das ihn zu ihr zog. Sie hatte leicht erhöhte Wangenknochen, einen sinnlichen Mund, geschwungene Brauen und schockierend blaue Augen, die so hell waren, dass sie wie Saphire in dem Licht schimmerten, das ihr Gesicht erleuchtete.

Etwas bewegte sich tief in seinem Geist, wie Fragmente eines längst vergessenen Traums oder vielleicht die Fäden eines teilweise zerfransten Wandteppichs. Konnte man jemanden erkennen, dem man noch nie begegnet war? Das seltsame Gefühl ließ nicht nach, und das verwirrte ihn. Er hatte sie nie getroffen - er war sich dessen sicher - aber warum fühlte er sich dann, als hätte er es getan? Oder *hatte nicht* ...

Verdammt, er konnte nicht verstehen, was sein Verstand und seine Erinnerung ihm sagen wollten.

Einer der Mitarbeiter des Weißen Hauses stand in der Nähe der Bühne. »Wir beginnen die heutige Auktion mit einem Leckerbissen für Sie, meine Herren.« Seine Worte und die üppige Schönheit auf der Bühne erregten die Aufmerksamkeit jedes Mannes.

»Genießen Sie den Anblick dieser persischen Prinzessin. Welche Freuden könnte diese jungfräuliche Schönheit in Ihrem Bett erfahren? Das Mindestgebot sind fünfhundert Pfund.«

Lawrence schluckte schwer, als Männer um ihn herum anfingen zu bieten.

Du sollst dich nicht einmischen. Das sollst du nicht.

Es war ihm alles zu vertraut. Ihm wurde klar, dass er die Frau nicht erkannte, sondern die Gefühle rund um diese Travestie. Die Angst, die Panik, seine eigene Ohnmacht, alles zu tun, um sie aufzuhalten. Er war damals zu jung gewesen, und es war zu spät gewesen, um eine Frau zu retten, die jemandes Hilfe gebraucht hatte. Hilfe von irgendwem. *Seine* Hilfe.

Ich werde nicht zulassen, dass es noch einmal passiert.

Er starrte die Frau auf der Bühne an und nahm ihr blasses, stoisches Gesicht in sich auf, als sie den Stimmen von Männern zuhörte, die sie beanspruchen würden. Ihre Hände, die ihre Röcke umklammerten, zitterten ganz leicht. Sie musste vor Angst fast außer sich sein, verbarg es aber gut. Er konnte nicht umhin, sie zu bewundern. In diesem Moment traf er eine Entscheidung.

Ich kann sie diesen Wölfen nicht überlassen. Ich werde nicht zulassen, dass sich die Vergangenheit wiederholt.

Er musste handeln. Die Warnungen seines Bruders, nur zuzusehen und zu beobachten, sollten zur Hölle fahren. Lawrence warf einen Blick auf die Frau und zwang sich, seine Angst zu verbergen und der entspannte skandalöse Schurke zu werden, als den der Rest der Welt ihn kannte. Er musste die Rolle überzeugend spielen, sonst riskierte er, sie an einen anderen Mann zu verlieren.

Warte, Liebling. Ich werde dich retten.

WENN DU WISSEN MÖCHTEST, WAS ALS NÄCHSTES passiert, hol dir das Buch heir: https://laurensmithbooks.com/books/seine-teuflische-umarmung/